COLLECTION FOLIO

Pierric Bailly

Le roman de Jim

P.O.L

www.pol-editeur.com

Pierric Bailly est né le 14 août 1982 dans le Jura. Il est l'auteur de six romans publiés aux Éditions P.O.L : *Polichinelle*, *Michael Jackson*, *L'étoile du Hautacam*, *L'homme des bois*, *Les enfants des autres* et *Le roman de Jim*.

1

Florence est partie de chez elle à dix-sept ans, sans aller au bout de son BEP optique-lunetterie au lycée Victor-Bérard de Morez, elle n'en avait rien à foutre des lunettes, elle s'ennuyait à l'internat et elle n'était proche de personne dans sa classe. Elle ne voyait presque plus ses parents, le week-end elle était toujours avec Martial et il leur arrivait de faire quelques centaines de bornes en camion pour aller voir un concert ou des potes en Ardèche ou dans les Alpes, mais la plupart du temps ils ne sortaient pas de chez lui et passaient leurs journées à fumer, à boire, à niquer — elle a toujours dit niquer, jamais baiser ni faire l'amour —, à regarder la télé aussi, à regarder des films, pas des émissions, des films en cassette sur la grande et profonde télé de Martial installée en face de son lit, dans cette grande cave isolée, sous-sol de la maison familiale, chambre sans fenêtre où les parents et le petit frère de Martial n'avaient pas le droit d'entrer. Les murs étaient recouverts d'affiches des

Doors, de Pink Floyd et du local Hubert-Félix Thiéfaine, dont celle du premier concert auquel avait assisté Florence, à Besançon, au Styx. Elle avait dû s'asseoir sur la scène, derrière les musiciens, contre le mur du fond, tellement il y avait eu de monde. Martial était un peu plus âgé qu'elle et le jour où il lui a parlé de cette idée de quitter la région et de vivre dans le camion, elle a voulu la mettre à exécution dès le lendemain. Et c'est pratiquement ce qu'ils ont fait. Pendant près de quinze ans ils se sont baladés dans toute la France au gré des chantiers de Marti, qui avait validé son CAP, lui, un CAP tailleur de pierre grâce auquel il bossait à la réfection de sites classés et de monuments historiques. Quand ils se posaient pour six mois quelque part, ils se faisaient prêter ou louaient une petite maison, et le reste du temps ils dormaient dans leur van Volkswagen aménagé. Ils ont eu des chiens ; ils en ont perdu certains ; c'était surtout Flo qui s'occupait des bêtes. Elle trouvait des plans saisonniers, cueillette de fruits ou service en restaurant. Elle appelait ses parents deux fois par an mais c'était seulement pour qu'ils sachent qu'elle était toujours en vie. Le coup de fil ne durait pas plus de cinq minutes et elle ne leur posait aucune question. Elle s'estimait gentille de le faire, elle se disait que tout le monde à sa place n'aurait pas eu cette attention. C'était Martial qui la poussait à les appeler, comme il le faisait avec les siens.

Flo avait grandi aux Trois Cheminées, un

hameau parmi d'autres sur le plateau des Hautes Combes, dans le Haut-Jura. La vieille ferme de ses parents se situait juste au point de départ des pistes de ski de fond, si bien qu'en hiver, le week-end, en cas de beau temps, on pouvait compter jusqu'à une cinquantaine de voitures garées en contrebas de la maison. En été, les quelques randonneurs dormaient dans les refuges des alentours et c'était nettement plus respirable. Quand elle était sur les routes avec Marti elle ne repensait jamais à son enfance dans ce paysage de montagne, qui lui semblait appartenir à une autre vie, mais ce qu'elle avait rejeté, plus encore que les verts pâturages et les forêts d'épicéas, c'était vraiment la famille. Très tôt elle avait voulu s'éloigner de ses parents, d'où le lycée à Morez et non à Saint-Claude, la ville la plus proche. Ils l'avaient laissée choisir. Ils ne s'étaient jamais démontés face à leur fille. Ils n'étaient pas du genre à pleurer en se demandant ce qu'ils avaient fait au bon Dieu pour mériter ça. Au contraire ils l'avaient encouragée à se débrouiller toute seule, à faire sans eux, et Florence avait suivi ce programme à la lettre. Durant toutes ces années de bourlingue, comme on disait à l'époque, même si elle continuait à vomir ce qu'ils incarnaient, elle s'autorisait parfois à leur reconnaître une certaine souplesse, parler d'ouverture d'esprit aurait été excessif mais au moins ils ne l'avaient pas retenue, ils ne l'avaient pas bridée, voilà, ils ne l'avaient pas enfermée à la maison pour lui imposer de suivre une voie toute balisée par leur trouille du monde et de la vie, et il lui arrivait même d'être sujette à des élans de tendresse à leur endroit, des sentiments qui surgissaient par bribes, par bouffées plutôt, quand elle s'engueulait avec Marti par exemple et qu'elle voyait s'exprimer tantôt son père, tantôt sa mère à travers elle, qu'elle les reconnaissait dans ses propres réactions, dans ses propres mots. Elle avait hérité de leur côté bourru, comme eux elle ne se laissait pas faire, elle ne se laissait pas dominer. En apparence du moins ses parents n'étaient pas des gens soumis mais plutôt des durs, plutôt des grandes gueules, plutôt des gens actifs, des gens animés, pas du tout des taiseux effacés.

Cette histoire a duré quinze ans, au bout desquels Flo et Marti ont décidé de se séparer, parce que trop d'affrontements mais aussi trop d'alcool, trop de défonce, trop de folie de part et d'autre — ça s'est fait d'un commun accord, ça leur semblait une évidence à tous les deux, ils savaient qu'en restant ensemble ils finiraient par s'entre-tuer, et par le faire vraiment, ce n'était pas une façon de parler —, et Florence a fini par rentrer au bercail. Elle a eu besoin de ça plutôt que d'aller squatter chez des amis, elle a eu besoin d'une coupure, d'un changement de rythme et de cadre et de fréquentations, et ça lui a fait du bien. Ça lui a fait plaisir de revoir ses parents, de les retrouver, de remettre les pieds dans la maison de son enfance et dans cet environnement qu'elle avait fui à l'adolescence.

Ce n'était pas tant un apaisement qu'un réel phénomène de régression, les premiers jours elle se vivait vraiment comme la petite fille qui vient quêter le réconfort dans les bras de papa et maman. Ça avait été tellement loin avec Martial, ça avait été tellement difficile les derniers temps, elle sortait de cette longue relation totalement carbonisée et elle n'avait à ce moment-là besoin que de ça, la chaleur du foyer familial, le côté bordant du cocon, l'effet rassurant des retrouvailles avec le monde des origines, qui n'avait pas changé d'un poil ou presque, retrouvailles sans surprise, initiative qui n'impliquait aucun effort de sa part, qui coulait de source, l'inverse de la vie avec Martial. L'inverse de ce qu'elle avait toujours aimé avec lui, de ce qu'elle avait toujours valorisé : la nécessité de sortir, de bouger, de rencontrer des gens, toujours des gens nouveaux. L'inverse d'une décision intrépide et imprudente, là c'était vraiment le niveau zéro de l'aventure, et bizarrement elle ne détestait pas ça. Avec ses parents elle se comportait comme elle ne l'avait peut-être plus jamais fait depuis l'âge de huit ou neuf ans, elle les laissait la câliner et l'embrasser. C'était aussi quelque chose qu'ils savaient faire, être cajolant, dorlotant. Ce n'était pas des gens froids ou discrets, c'était des gens expansifs et aussi des gens affectueux. C'était des cons bien sûr, mais ils n'étaient pas que ça. Pour la première fois Florence était capable de ne pas les envisager sous le seul prisme de leur mentalité étriquée, de leur bêtise congénitale, comme elle avait toujours dit. Bon, ils évitaient d'aborder ensemble les sujets qui fâchent, ils n'allumaient ni la radio ni la télé et son père se cachait pour feuilleter le journal, ils savaient d'un côté comme de l'autre qu'il y avait quelque chose à protéger, ils essayaient de faire durer le plus longtemps possible cet état de grâce, il fallait profiter de ce moment privilégié. Ça a plutôt bien fonctionné. Florence est restée cinq mois chez eux, et ça a été cinq mois sans prise de bec, cinq mois paisibles dans ce village qui n'en est pas un, commune constituée d'une somme de hameaux et dont même la mairie est un bâtiment isolé.

Au bout de ces cinq mois elle s'est décidée à bouger, mais cette fois-ci elle n'a fait qu'un saut de puce. Elle a trouvé un boulot de caissière à Saint-Claude, où elle a loué un petit appart, dans le centre, rue du Pré, en face d'un magasin d'instruments de musique. Les premières semaines elle a connu quelques moments de panique, elle se demandait ce qui lui prenait de revenir s'enterrer ici, dans cette ville sombre, cette ville enclavée, cette ville minuscule et blafarde qui la ramenait à ses années de collégienne, et après quelques semaines elle s'est rendu compte que même s'il lui arrivait de croiser quelques têtes connues, un commerçant, un ancien camarade de classe, elle n'était plus cette collégienne, elle n'était plus cette gamine, voilà, le temps avait passé pour tout le monde, quoi qu'on en dise, et elle s'est rapidement créé de nouveaux repères, la ville s'est mise à exister différemment à ses yeux, son quotidien de trentenaire active a peu à peu recouvert ses souvenirs de jeune adolescente, et il ne s'agissait finalement ni d'un retour aux sources ni d'un nouveau départ, mais simplement d'un nouveau chapitre qui s'ouvrait pour elle.

C'est à cette époque que je l'ai croisée pour la première fois, au boulot, à Casino. Avec son look et ses piercings — une dizaine sur les deux oreilles, plus la lèvre et le menton —, elle détonnait au milieu de ses collègues. Elle semblait surtout moins mémère, moins madame, moins adulte que certaines qui étaient pourtant plus jeunes qu'elle. Malgré la différence d'âge on s'est bien entendus, on aimait se voir et discuter cinq minutes en buvant notre café. On n'avait pas des conversations d'un intérêt délirant, on ne faisait que parler du boulot, mais j'aimais son énergie, j'aimais sa verve, j'aimais que ça parte dans tous les sens, que ça se contredise et que ça s'embrouille, j'aimais l'écouter. Quand t'es caissière c'est sur le client que tu te défoules, le client qu'est trop lent, le client qu'est malpoli, le client toujours debout et qui zieute ton décolleté ou qui profite que tu pivotes sur ton siège à roulettes et hop le petit regard pour apercevoir trois centimètres de cuisse qui dépassent de la jupe, le client qui pue de la gueule et de sous les bras, le client qu'est aussi sale que son argent et c'est à prendre au sens propre, le client et ses mains et ses pièces et ses billets gras… Tu passes tes journées à lui faire des faux sourires et à lui souhaiter une bonne après-midi alors que t'en as rien à foutre de sa vie au client, et puis tu sais que ça ne changera rien à ton salaire à la fin du mois que tu sois polie ou pas, mais tu t'exécutes, ça fait partie du taf. Et puis par moments t'es bien lunée et t'aurais même envie de l'inviter à prendre un verre après lui avoir donné ses tickets, t'aurais envie que ça dure un peu plus longtemps mais tu dois passer au suivant, t'as jamais le temps de rencontrer personne, même quand tu le connais tu peux jamais rien échanger de plus que deux trois banalités sur la famille et la météo, et encore là t'es contente, t'as l'impression d'avoir vécu un moment d'une intimité folle avec ton pote, ton voisin, ton ancien prof de maths du collège, qui regagne sa voiture en poussant son caddie pendant que tu te remets à scanner tes putains de codes-barres, bip bip bip, sept, huit, neuf heures par jour, bip bip bip, t'as même pas l'espace pour t'évader dans tes pensées, faut que t'annonces le total au client, que tu lui donnes un sac, que tu le lui dédicaces en plus de ça, parfois même que tu l'aides à le remplir tellement le pauvre il est débordé avec les marmots en pleurs et les articles qui s'accumulent, après quoi tu souffles quatre secondes et avant de t'y remettre tu jettes un œil à ta montre pour voir combien de temps il te reste avant de pouvoir prendre ta pause, tu l'attends celle-là, chaque jour tu l'attends avec la même impatience, ta pause-café, pendant laquelle tu fais connaissance avec un petit intérimaire bien sympathique à qui tu déverses tout ton stress de la journée et en retournant à ton poste tu te rends compte que t'as même pas eu le temps de t'intéresser à lui, sa vie, sa petite vie d'étudiant, c'est ça, non ? T'es là pour l'été seulement, toi ? Et tu fais des études de quoi ? Mais il est déjà trop tard. C'est déjà l'heure. Faut y aller. Alors une prochaine fois peut-être. J'essaierai d'être moins bavarde. Mais elle l'était autant à chaque fois, et ça ne me dérangeait pas, non. Elle m'impressionnait je crois. Je la trouvais attachante, peut-être même un peu fascinante. On a dû causer trois ou quatre fois cet été-là, pas plus. L'été suivant j'ai été affecté ailleurs, sur d'autres missions, en usine. Je n'allais pas faire mes courses à Casino, ce n'était pas mon secteur, et puis de toute façon j'avais ma vie, ma vie à Besançon, ma vie d'étudiant et puis ma vie amoureuse, j'avais Jenny. Si bien que le souvenir de Florence s'est vite étiolé. Je n'ai pas beaucoup repensé à elle au cours des années qui ont suivi, j'avais d'autres préoccupations. Attendez que je fasse le compte… Sept ans, c'est ça, oui. Le temps qui s'est écoulé entre cette première rencontre et nos retrouvailles.

2

Sept ans plus tard, donc. C'était après un concert à la Fraternelle. On avait chacun un gobelet en plastique dans la main et elle portait un grand manteau alors je n'ai pas tout de suite remarqué qu'elle était enceinte. Faut dire qu'on était en février, on était tous bien couverts. Faut dire aussi que je n'étais pas disponible, pas très attentif, parce que j'étais avant tout soucieux de savoir si elle était au courant pour moi. Mais comme la plupart des gens que je croisais depuis que je me remettais à sortir, elle n'avait pas l'air d'être informée, non. Ou alors elle jouait très bien la comédie. Elle me souriait, elle était contente de me voir, et elle s'est montrée sincèrement surprise d'apprendre que j'avais arrêté mes études prématurément. Pour éviter qu'elle me cuisine de trop sur mon parcours, je lui ai très vite renvoyé la balle : et toi, alors ? Et c'est là qu'elle a ouvert son manteau et que j'ai découvert son bidon arrondi. Elle venait d'entrer dans le sixième mois. C'était sa première grossesse et probablement sa dernière, puisqu'elle venait d'avoir quarante ans. Elle vivait seule. Elle a expédié la question en une phrase simple et sèche : il n'y a pas de père. Je n'ai pas cherché à en savoir plus. Elle avait quitté Casino il y avait des années de ça, n'y était restée qu'un an, puis elle avait passé son bac en candidat libre, avait enchaîné avec trois ans d'école d'infirmière et maintenant elle travaillait à l'hôpital d'Oyonnax. Elle habitait toujours à Saint-Claude, et comme on s'est rendu compte qu'on était quasi voisins, on est rentrés ensemble. Elle m'a invité à boire un verre chez elle et j'en suis ressorti à plus de trois heures du matin. Le lendemain j'ai appelé Romu et je lui ai tout raconté.

Qu'elle ait quinze ans de plus que moi, ça il s'en foutait, mais qu'elle soit enceinte, il n'en revenait pas. Mec, t'as couché avec une femme enceinte. Ça t'a pas gêné qu'elle soit enceinte ? Je veux dire, le ventre, ça t'a pas gêné ? Tu l'as touché, son ventre ? T'as osé poser les mains dessus ? Et tu l'as senti, le bébé ? Il t'a donné des coups ? Mais je ne lui ai fait que des réponses évasives, parce que ça aurait impliqué d'évoquer des détails techniques et je n'allais pas non plus lui faire un dessin. Je n'avais pas envie de mentionner nos corps, le sien et encore moins le mien, mon corps nu au contact du corps nu d'une femme dont je n'étais pour rien dans la difformité, nos deux corps nus, nos deux corps maladroits, toutes les précautions liées au fait que c'était la première fois qu'on couchait ensemble mais aussi qu'elle ne pouvait pas bouger n'importe comment, ni s'allonger ni me recevoir comme elle l'aurait voulu. Je me suis contenté de dire à Romu que non, ça ne m'avait pas dérangé, pas du tout, que j'avais parfaitement réussi à oublier son ventre et ce qu'il y avait dedans, mais c'était faux sur toute la ligne, en vérité j'avais eu beaucoup de mal à ne pas y penser. En tout cas Romuald semblait admiratif. T'as vraiment le chic pour te fourrer dans des plans bizarres, toi. Là-dessus je ne pouvais pas lui donner tort.

Il faisait évidemment référence à Titi et Odile, mais aussi à Léa. Je lui avais beaucoup parlé de Léa, à Romu. Une fille hyper jolie qui s'habillait sexy et qui ne voulait pas que je la voie nue en pleine lumière. Qui ne voulait même pas que je la voie en sous-vêtements, puisque même la piscine ou le lac ensemble il ne fallait pas y penser. La douche c'était toujours enfermé à double tour. Et l'amour c'était dans le noir, sous la couette, et je n'avais pas le droit de poser les mains plus bas que son nombril. Le ventre, j'avais le droit de le toucher, les seins, les bras, aucun problème, mais les jambes et les fesses, c'était proscrit. J'ai compris en examinant ses flacons de crème dans son meuble de salle de bains qu'elle avait de la cellulite. Je suis aussi tombé sur une page arrachée d'un magazine qui proposait diverses méthodes pour en finir avec la peau d'orange. Un jour j'ai abordé le sujet et elle m'a avoué être ultra complexée, détester ses jambes et ses fesses. Pourtant elle était magnifique. Mes potes étaient tous jaloux de moi. Et je dois dire que j'éprouvais une certaine fierté à sortir avec une fille aussi belle. À mes potes je ne racontais rien de notre vie sexuelle. Quand, au début, ils me demandaient comment ça se passait au pieu avec Léa, je leur disais que c'était dément, et ils s'excusaient presque de m'avoir posé la question, comme si de toute façon il ne pouvait pas en être autrement avec une fille pareille. Avant Romu, la seule personne à qui j'avais parlé des complexes de Léa et des limites de notre sexualité c'était ma sœur. Elle avait réagi bêtement, elle s'était foutue de sa gueule et la seule chose qu'elle m'avait conseillé de faire c'était d'ouvrir le verrou de la salle de bains depuis l'extérieur avec un tournevis et d'arracher le rideau de douche. Solidarité féminine, tu parles.

Je suis quand même resté plus d'un an avec Léa. Les six derniers mois on ne s'est vus qu'au parloir, et là on ne pouvait pas demander de fermer les volets. Quand je suis sorti, elle était partie vivre dans le Sud, et je ne savais même pas si elle continuait ses études ou si elle bossait. J'avais son numéro de téléphone mais je n'avais aucune envie de l'appeler. Et puis c'était avant Facebook, hormis en croisant une connaissance commune dans la rue, il n'y avait pas trente-six façons d'avoir des nouvelles des gens.

Entre Léa et Florence il n'y a eu absolument personne. Je n'ai pas touché une femme pendant près de deux ans. Mais ça ne m'a pas paru si long que ça. Ça faisait partie de la punition, je l'acceptais.

Florence habitait à deux rues de chez moi et on s'est revus dès le surlendemain, et le jour d'après encore. Je lui ai très vite parlé de tout le monde : de Léa, de Titi et Odile, de Romu, même de Jennyfer, et elle a passé des heures à me raconter son histoire avec le tailleur de pierre, ses années roots, comme elle disait, ses années rock'n'roll, un terme auquel elle avait l'air de beaucoup tenir et qui, je l'avoue, n'avait pas tellement de sens pour moi. Rock'n'roll, j'associais ça à mes parents qui tourbillonnaient sur du Elvis Presley pendant les mariages, mais je sentais bien qu'il n'évoquait pas les mêmes images pour Florence, qu'il ouvrait sur d'autres mondes, d'autres pratiques, qu'il faisait référence à une époque que je n'avais pas connue. Ce décalage me plaisait, me faisait l'effet d'une bouffée d'air, et me la rendait d'autant plus intrigante. Avant nos retrouvailles je crois que j'étais toujours un peu en taule, d'ailleurs j'avais Romu au téléphone presque tous les jours, et c'est vraiment à partir du moment où j'ai revu Florence que j'ai commencé à reprendre une vie normale. J'avais sa voix dans la tête en permanence, j'avais surtout le sentiment, presque la sensation physique du lien établi avec elle. Je sentais sa présence, même quand on n'était pas ensemble il restait quelque chose de son attitude, elle me transmettait quelque chose d'elle, elle me contaminait par son discours et par son assurance, elle m'élevait. J'avais l'impression d'un saut dans le temps, d'un grand pas en avant. Je me sentais différent des autres types de mon âge. J'avais l'impression que la différence d'âge se réduisait.

J'avais l'impression de l'avoir rejointe. De ne plus avoir vingt-six mais peut-être trente, ou trente-cinq, ou quarante ans, comme elle. Comme si je n'avais pas d'âge réel et que cela dépendait de celui qui était en face de moi. Avec elle j'avais quarante ans. Avec Jenny j'avais eu quinze, dix-huit, vingt ans. Avec Jenny, comme avec Léa, après une nuit à discuter, à boire, à faire la fête, l'empreinte était plus légère. Avec Flo je ressentais le poids du passé, et j'en récoltais une part. Peut-être que je l'en soulageais. Peut-être que pour elle c'était le contraire. Peut-être qu'elle me voyait comme une simple distraction, comme un simple plan cul pour tuer le temps en attendant la naissance du môme. Une fois elle a même évoqué la difficulté pour une femme enceinte et célibataire de rencontrer des hommes. Parce qu'ils ne la considèrent plus de la même façon. Quand elle allait à la piscine, par exemple, plus aucun mec ne la regardait sous les douches. Mais déjà qu'il ne faut plus boire ni fumer, ne plus bouffer de fromage à pâte molle ni de fruits de mer, si en plus de ça il faut s'arrêter de niquer, non mais t'imagines. Moi, dans cette histoire, j'étais le mec qui n'avait pas été rebuté.

Comme Romu, elle me demandait si ça ne me dérangeait pas ce gros ballon entre mes mains, et à Florence j'essayais de dire la vérité. Quand je sentais le bébé bouger à l'intérieur, j'interprétais toujours ses mouvements contre moi, comme s'il cherchait à me frapper, à me repousser, qu'il me demandait de le laisser tranquille et de me mêler de mes oignons. Ça faisait marrer Florence et elle me rassurait, mais j'insistais, je te jure, je suis le spécialiste des plans foireux, des plans bizarres, non mais c'est vrai j'ai l'impression de les attirer, je ne sais pas pourquoi mais je me laisse toujours embarquer dans des histoires compliquées. Et elle avait son idée sur la question. Elle me disait c'est parce que t'es gentil, les gens méchants il ne leur arrive jamais rien, les gens méchants sont seuls. Je trouvais ça complètement con comme idée.

J'avais souvent entendu ça ces dernières années à mon endroit, à cause de l'histoire avec Titi et Odile, surtout. Mes amis, ma famille, ma sœur, les gens qui m'aimaient, leur façon de me soutenir ç'avait été de me faire passer pour le mec trop gentil, le mec qui accepte tout, qui ne sait pas dire non. Sauf que je n'étais pas d'accord. Je n'étais pas d'accord avec cette idée que la gentillesse c'est l'exception. J'avais plutôt l'impression inverse, que la plupart des gens sont gentils. On dit le contraire à longueur de temps, que les gens sont fous, que les gens sont mauvais, mais la plupart des gens sont sages, dociles, obéissants, soumis. Les gens qui craquent sont très rares. La grande, l'immense majorité des gens sait très bien se tenir. Et pourtant on fantasme tous le contraire. On est tous d'accord là-dessus : les gens gentils sont chiants, ce qu'on aime au cinéma c'est quand les personnages pètent les plombs, quand ils partent en vrille, quand ils dépassent les bornes, quand ils s'autorisent le comportement qu'on s'interdit dans la vie, mais que dans le fond on aimerait tous avoir. Pourtant les vrais fous dans la vie sont rares, tellement rares que dès qu'il y en a un qui pète un câble, on ne parle que de lui pendant trois semaines. Mais moi je n'avais pas droit au même traitement. Parce que je n'avais pas fait une assez grosse connerie ? Parce que j'avais tout de suite reconnu et collaboré ? Pourquoi cherchait-on absolument à me sauver ? Ce n'était pas moi, c'était eux les gentils. Pourquoi était-on aussi gentil avec moi ? Et pourquoi est-ce que je le vivais aussi mal, d'être pris pour un gentil, pourquoi est-ce que cela m'agaçait autant ? Est-ce que j'y voyais une forme de condescendance, de mépris ? Pourquoi les gens avaient-ils toujours besoin de minimiser mes coups d'éclat à moi en les mettant sur le compte d'une prétendue gentillesse ? J'étais en train de tomber amoureux d'une femme enceinte de six mois, est-ce que ça aussi c'était parce que j'étais trop gentil ? Ça n'avait aucun sens. D'ailleurs, c'était le discours qu'on me tenait à moi, mais je savais très bien qu'une fois le dos tourné on disait exactement le contraire, à savoir que j'étais un mec pas net, un mec tordu, un dingue. Ce qui était tout aussi excessif et donc idiot que de me taxer de gentil. Trop gentil par-devant ; complètement taré par-derrière. Les gens sont fous. Enfin, on se comprend.

Mon goût pour les situations compliquées, pour les histoires tordues, si j'étais bien incapable de dire d'où il me venait, je pouvais au moins l'assumer, peut-être le revendiquer. C'est ce qui a changé avec Florence. Sans doute un effet de sa maturité et de son intelligence, ou même de son rock'n'roll. Avec elle j'ai commencé à accepter que ces plans foireux, ces plans bizarres, je les choisissais, je les laissais venir à moi. Les plans mais aussi les gens, les gens compliqués, les gens abîmés. Une quadragénaire célibataire enceinte de six mois finalement ça m'allait parfaitement. Quelque chose m'excitait dans la situation. Sa grossesse m'excitait. Est-ce qu'on parle là d'excitation sexuelle ? Pas sûr. C'était un autre type d'excitation physique, celle du compétiteur, celle de l'amateur de sports extrêmes. Il ne fallait pas que cela soit trop facile ou bien ça risquait d'être ennuyeux. Comme si j'avais été traumatisé par mon histoire avec Jenny et que maintenant je ne réagissais que face à la promesse d'un défi.

Mais n'allez pas croire que je me prenais pour un cador, là encore ça serait bien trop simple, si je n'étais qu'une tête brûlée avide de conflit et d'adversité, ce genre de type fonceur et inconscient. Hélas pour moi c'était loin d'être le cas. Je ne pouvais pas m'empêcher de flipper, de me dire que je n'avais rien à foutre là et que j'étais complètement con de m'être embarqué dans une telle histoire, et que j'aurais mieux fait de rester à ma place et de m'intéresser à des filles de mon âge. Quinze ans de plus que toi ? Et enceinte avec ça ? Mais mon gamin, tu t'es regardé ? Non mais tu te prends pour qui ? T'as vu comment t'es fait ? Tu crois que t'es le mâle du siècle ou quoi ? Attends, dis-moi, c'est toi qu'es en couverture du calendrier des Dieux du stade cette année ? Ha ha ha... Oui, c'est étrange mais les images qui illustraient ces moments de panique venaient toujours souligner mes faiblesses physiques. Pourtant le problème, s'il y en avait un, n'était pas vraiment là, ce que je redoutais ce n'était pas d'être trop chétif, mais plutôt d'être trop jeune, trop vert, qu'elle ne sente pas assez de contenu, de densité, de profondeur, d'expérience, de mystère en face d'elle. Qu'au départ elle m'ait choisi pour ça, pour ma fraîcheur et mon insouciance, et puis qu'elle se lasse, qu'elle s'ennuie, qu'elle finisse assez vite par s'emmerder avec moi.

3

Moi aussi je suis parti de chez mes parents à dix-sept ans. Dix-sept ans parce que je suis né au mois de décembre mais c'était l'année de mes dix-huit. L'année du bac, que j'ai obtenu sans mention mais en filière générale, un bac économique et social. Comme Florence aussi je suis parti avec ma copine de l'époque, et les points communs entre nos deux histoires s'arrêtent là. Ma copine à moi n'était pas rock'n'roll pour un sou. On sortait ensemble depuis la troisième. Au collège puis surtout au lycée on appartenait à la catégorie assez maigrichonne des *petits couples*. Toujours à se donner la main et à se serrer dans les bras, plutôt à l'aise, décontractés, comme si c'était tout à fait naturel d'être en couple à cet âge-là. On formait un petit couple posé, mignon, sérieux, tellement fusionnel que les autres nous voyaient vivre ensemble jusqu'à la maison de retraite. On avait pris les mêmes options pour être dans la même classe. En terminale on avait quatre heures de philo par semaine et ce n'est pas tant les découvertes de Kant, de Nietzsche ou de Sartre qui nous ont marqués que celles de Freud et de Jung, les cours sur la psychanalyse. On s'est donc inscrits en fac de psycho à Besançon. Jenny préparait même un double DEUG puisqu'elle était aussi inscrite en histoire. Elle voulait devenir institutrice et savait parfaitement comment y arriver. Elle parlait déjà du concours qui l'attendait au plus tôt dans quatre ans. Elle m'impressionnait car j'étais loin d'être aussi clairvoyant et rigoureux, loin d'être aussi organisé et dynamique, surtout. C'est elle qui a choisi l'appartement, la première année un T4, donc avec trois chambres, si bien qu'il a fallu recruter deux colocataires, ce dont elle s'est également occupée. C'est elle qui rédigeait les plannings pour le ménage et les courses, c'est elle qui décidait des soirées où l'on sortait, des films qu'on allait voir au cinéma. Tant que Jenny était à mes côtés, tout le reste m'était égal. Je n'arrivais pas à me projeter dans l'avenir, ça me semblait trop tôt, et puis ça ne m'intéressait pas, je m'en foutais, je savais juste que je n'avais pas l'intention de devenir psychologue ni même instituteur. Quand on me posait la question, la seule idée qui me venait c'était photographe. Avant de partir à Besançon j'avais récupéré le vieux Canon argentique de mon père, avec trois objectifs, un 50 mm, un zoom 70-300 mm et un grand-angle, et je prenais des tas de photos de Jenny et de nos potes aussi, en soirée, dans la rue, à la fac, même en cours. Les développements coûtaient tellement cher que j'accumulais les pellicules dans un carton de La Halle aux chaussures en attendant de gagner au loto ou d'avoir mon propre labo. L'année scolaire je bossais en restauration rapide, quinze heures par semaine, j'ai d'abord fait un an au McDo de Planoise, la cité située à l'écart de la ville, puis les deux dernières années j'étais dans une boutique Brioche dorée en plein centre. Les grandes vacances je rentrais à Saint-Claude et je bossais en intérim, je commençais toujours par deux ou trois semaines en usine et dans le bâtiment, après quoi je faisais le forcing pour obtenir des missions en grande surface. Les super et hypermarchés c'était de loin ce que je préférais, c'était moins répétitif que l'usine et moins physique que les chantiers, je vidais mes palettes, je remplissais mes rayons, à partir de l'ouverture je bossais au milieu des clients, en tant qu'intérimaire j'étais plus libre que les vrais employés, je ne portais pas le tee-shirt du magasin alors j'étais moins identifiable et donc moins surveillé. Je sautais sur chaque occasion de quitter mon poste pour accompagner une petite mamie jusqu'au rayon des cure-dents ou des piles ou des assiettes en plastique : et voici, madame, à votre service, et bonne journée. Je sympathisais avec les animateurs commerciaux du vendredi qui enchaînaient les démonstrations d'un nouveau balai-brosse ou d'une lingette révolutionnaire autour de leur pupitre en carton, je tutoyais tout le monde, j'étais chouchouté par les employés les plus âgés, je traversais les réserves en usant de mon tirpal' comme d'une trottinette, le buste relevé, la posture élancée, le geste fluide.

J'ai bossé un peu partout comme ça, à Intermarché, à Colruyt, à Casino, où j'ai croisé Florence pour la première fois. Mais à cette époque, la femme de ma vie s'appelait Jennyfer.

Elle aussi passait son été à bosser, avec sa mère, au magasin d'usine Smoby à Lavans-lès-Saint-Claude. J'allais l'attendre à la sortie et on dormait chez elle tous les soirs. Mes parents ne me voyaient quasiment pas de toutes les vacances, ma sœur non plus. On traînait avec notre bande de potes du lycée, au sein de laquelle on était le seul couple. On voyait aussi beaucoup Titi et Odile, un couple de trentenaires qui ne vivait pas très loin de chez les parents de Jenny. Ils habitaient dans une petite maison au bord de la Bienne, la rivière qui traverse Saint-Claude. C'était des originaux, mais des originaux qui n'inquiétaient personne. Tout sauf des terreurs. Disons que sur l'échelle de la marginalité ils ne dépassaient pas le premier tiers. Des roots sédentarisés, tiens, je n'avais jamais vu les choses comme ça. Ce n'est pas faux que dans l'esprit ils étaient assez proches de Flo et son tailleur de pierre. Titi, qui s'appelait Franck, Franck Tivoli, d'où Titi, ne conduisait pas de camion mais traînait derrière son vieux Nissan Terrano une grosse remorque. On le voyait sans arrêt remonter la rue avec sa remorque vide, et quand on était derrière la maison, dans le jardin, ou même dans la chambre de Jenny, on était informés de son passage parce qu'il roulait toujours à fond et ça dinguait de partout et ça faisait un boucan de fou. À l'aller comme au retour la remorque était vide, sauf quand il rapportait de grosses choses de la déchetterie. Mais c'était plutôt Odile qui faisait son marché là-bas.

Odile bossait à la déchetterie de Saint-Claude comme employée communale, elle était plantée à l'accueil et vous disait dans quelle benne aller balancer vos merdes et notait votre code postal sur son calepin et actionnait l'ouverture de la barrière automatique. Elle répondait aussi au téléphone dans le local en préfabriqué. Et elle s'offusquait toujours de ce que les gens jetaient. Ça me rappelait les discours des caissières en salle de pause, celui de Flo et de ses collègues, les caissières qui se plaignaient des odeurs, de la lenteur, du manque de politesse des clients, et qui ne manquaient jamais de s'étonner de ce que les gens achetaient. *Non mais les gens, ils achètent de ces trucs...* Quand tu bosses en magasin tu t'intéresses à ce qu'ils achètent ; quand tu bosses dans les poubelles tu t'intéresses à ce qu'ils balancent, normal. Et dans les deux cas, t'en reviens pas. *Non mais les gens, si tu voyais ce qu'ils jettent...* Des meubles comme neufs, un gaufrier ou un grille-pain, des outils, des jouets, un vieux tour à bois, quatre chaises de jardin en plastique, et le tout en parfait état. Chez Titi et Odile ça s'entassait dans chaque pièce de la maison et ça finissait par déborder dehors, il y en avait tout autour de chez eux, et avec Jenny on adorait se balader au milieu de leur bordel. Odile nous présentait ses dernières trouvailles, parfois on repartait les mains pleines. Entre-temps on avait descendu quatre ou cinq bières assis au bord de l'eau.

J'étais plus proche de Titi que Jenny d'Odile. Il m'arrivait d'aller taquiner la truite avec lui, dans la Bienne ou dans la rivière d'Ain, on pêchait au vairon, classique, pas à la mouche, non. Je me disais même à cette époque que si je devais me marier avec Jenny, je demanderais à Titi d'être mon témoin.

Mi-septembre on retournait à Besançon et on reprenait la fac et moi les préparations de sandwichs. Fallait se remettre dans le bain mais finalement ça avait toujours été comme ça. C'était même plus facile qu'au lycée, puisque là au moins on avait choisi notre branche. En même temps il y avait des cours de plus en plus spécifiques, dont certains qui ne m'intéressaient absolument pas. Je m'accrochais, je n'avais pas d'excellentes notes mais je prenais la chose scolaire au sérieux. Je n'allais pas en cours en touriste, ni pour socialiser, encore moins pour draguer.

En psycho on devait être trois mecs pour deux cents filles. Je me souviens d'une soirée où j'ai dit à un type que je faisais psycho, il en est resté bouche bée pendant plus de dix secondes, estomaqué par ma réponse. Puis il a fini par s'exclamer : mais oui, t'as tout compris, toi, oh, le petit malin, en plus ça marche à ce que je vois, bien joué mon gars. Là, il regardait en direction de Jenny, et quand je lui ai annoncé qu'on se connaissait d'avant, qu'on ne s'était pas rencontrés sur les bancs de la fac mais au collège, il a repris sa tête de poisson crevé. Il venait de trouver la seule raison pour un mec d'aller en fac de psycho, et finalement non, ce n'était même pas pour ça que j'y étais.

Au bout de la troisième année Jenny a commencé à exprimer des doutes, des envies d'ailleurs. Elle y est allée plutôt en douceur, si bien que les premières fois qu'elle a abordé le sujet je ne m'inquiétais pas le moins du monde. Je prenais la situation pour un échange honnête, comme on avait l'habitude d'en avoir, et je lui disais qu'il m'arrivait à moi aussi de nous estimer trop précoces dans notre mode de vie installé et de penser à ce qu'on pourrait expérimenter si on était célibataires, puis je croyais la rassurer en ajoutant que dans le fond ça ne m'attirait pas plus que ça, que notre histoire était plus importante que tout. Ah, quand j'y pense, j'étais vraiment le dernier des glands. Depuis des années je traversais la vie sans prendre aucun recul, comme un enfant, je profitais à fond de chaque moment, comme un voyage qui nous en met plein la vue et durant lequel on n'anticipe jamais le retour. Tout à coup on se retrouve chez soi avec ses valises et ses souvenirs merveilleux, et on voudrait repartir aussitôt, on voudrait être encore là-bas, mais ça ne marche pas comme ça.

Jenny m'a quitté au début de l'été. On a continué à se voir pendant les vacances mais ce qui me tuait c'était qu'elle ne pleurait jamais, quoi que j'exprime elle n'était pas touchée, elle n'était pas du tout dans le même état que moi, elle m'écoutait mais elle n'était pas affectée, moi j'étais dépité et pour elle c'était tout le contraire, une libération, un soulagement. Je bossais dans une usine de cartonnage et du matin au soir j'étais comme un zombie. Je n'arrivais même pas à lui en vouloir. J'en parlais beaucoup avec ma sœur et je ne m'en voulais même pas à moi-même, je n'en voulais à personne, c'est ça qui était horrible, je n'avais rien ni personne sur quoi diriger mon désarroi, j'étais juste perdu, ouistiti perdu dans la brume, pardon, je ne sais pas pourquoi je dis ça. Je n'avais rien à quoi m'arrimer, ma seule bouée c'était Aurélie ma sœur de quatre ans de moins que moi, encore au lycée. À la fin de l'été je suis resté chez mes parents, où j'avais retrouvé ma chambre d'adolescent. Ça aussi je ne l'avais pas vu venir : retour à l'envoyeur.

J'ai donc laissé tomber la fac. Comme je n'avais rien à faire de mes journées, j'ai continué à bosser. J'ai enchaîné deux CDD de six mois chez MBF, une fonderie d'aluminium. Je n'étais pas dans les ateliers d'injection mais à l'assemblage, en gros on associait des pièces destinées à intégrer des moteurs de voiture. J'avais de moins en moins de nouvelles de Jenny. Je ne voyais presque personne, quelques vieux potes du collège et du lycée, mais je n'étais pas de bonne compagnie. Ils devaient se dire que j'étais en dépression ou quelque chose comme ça ; ils devaient tout simplement me trouver chiant. Je voyais surtout Odile et Titi et eux au moins connaissaient bien Jenny alors j'avais moins de scrupules à évoquer notre histoire. Comme ma sœur, ils m'écoutaient sans prendre parti. On ouvrait des bières puis on passait au whisky et la plupart du temps je restais dormir chez eux.

Puis ma sœur a quitté la maison. Elle est partie à Lyon, s'est inscrite en fac d'info-com. Évidemment elle bossait à côté, chez PAUL, dans le hall de la gare Part-Dieu. Chez MBF ils m'ont proposé un CDI et ça m'a foutu les jetons, j'ai refusé sur-le-champ. Je suis retourné à l'agence d'intérim et ils ont actualisé mon dossier et j'ai commencé par quelques missions courtes, une semaine par-ci par-là, parfois moins, parfois même une demi-journée seulement, pour des inventaires ou des déménagements. Mais j'en ai rapidement eu marre de ne jamais savoir où je bosserais la semaine suivante, de toujours devoir m'adapter à une nouvelle tâche, un nouvel environnement, et de tomber une fois sur deux, et encore là je suis gentil, sur des petits chefs puants, sur des gros cons ou même simplement sur des types encore plus chiants que moi, des types qui ne disaient rien mais alors rien du tout, qui même en pause n'en décrochaient pas une, et puis qui étaient là depuis trente ans et qui n'avaient jamais eu le temps de se baisser en pliant les genoux et en gardant le dos droit et qui au fil des années avaient vu leur silhouette se courber en avant comme un arc dont on ne cesse de tendre la corde et qui partiraient à la retraite en frottant le nez par terre. Sans parler de tous ceux qui te détestaient parce qu'en tant qu'intérimaire, avec les primes de précarité t'étais mieux payé qu'eux. Non, je ne voulais pas continuer comme ça. Et voilà comment je me suis laissé tenter par le business de Titi.

Il m'avait tout expliqué au cours d'une de nos soirées à picoler au bord de la rivière et il m'avait proposé de bosser avec lui et je n'avais pas donné suite. Il avait deux potes qui lui filaient des coups de main mais ça ne lui suffisait pas, ils n'étaient pas assez fiables, il les appelait les deux feignasses. Si je n'avais pas réagi les premières fois c'était bien parce que j'avais conscience des risques. Mais il faut croire que cette lucidité s'était estompée. Quand j'ai annoncé à Titi que j'arrêtais l'intérim et que je voulais travailler avec lui, c'était comme si son activité était soudainement devenue légale. Comme si les risques n'existaient plus. Je n'y pensais plus. Je le voyais faire ; ça durait depuis des années ; il n'y avait pas de raison que ça cesse. Quant aux dangers pour ma santé, alors ça, ça me passait à des kilomètres au-dessus.

4

L'amiante était encore très présent dans nos campagnes à cette époque, on le trouvait essentiellement dans les plaques de fibrociment en couverture de toits, sur des bâtiments professionnels type usines, exploitations agricoles, concessions automobiles, mais aussi sur des hangars, des abris de jardin, des garages, des poulaillers. Quand un particulier se piquait de réaménager ou même de démolir une de ces petites constructions, il se heurtait toujours à cette même question : que faire de ce putain d'amiante. Alors il appelait la déchetterie la plus proche, où les employés l'orientaient vers une entreprise spécialisée, et quand il recevait le devis, après un nouveau petit coup de fil à l'entreprise pour s'assurer qu'il n'y avait pas d'erreur sur le montant, il laissait tomber son projet d'extension, ou éventuellement il se débarrassait de ses plaques par ses propres moyens, c'est-à-dire qu'il les enterrait dans un champ ou au fond de son jardin. L'idée de Titi et Odile avait été de s'inventer désamianteurs à des prix défiant toute concurrence. C'était le numéro de Titi que fournissait Odile au téléphone. Titi fixait un premier rendez-vous au cours duquel il s'agissait d'estimer le chantier mais aussi de sentir le client. Soit il tombait sur des gens sympas, pas trop tatillons, qui faisaient appel à lui comme ils auraient acheté du bois de chauffage ou des piquets d'acacia, donc au black évidemment, soit il tombait sur des gens sérieux, des chieurs quoi, à qui il finissait par annoncer que le chantier n'était pas dans ses cordes, trop compliqué, trop grand, enfin il trouvait toujours un argument qui collait à la situation, avant de se volatiliser. Ce deuxième cas de figure était quand même assez rare, car l'amiante ne faisait pas tellement peur en vérité, on avait tous autour de nous un ouvrier en bâtiment qui minimisait les risques sanitaires : à moins que tu bouffes les plaques, c'est pas comme ça que tu vas choper le cancer. Non, le problème de l'amiante, c'était qu'on ne pouvait pas s'en débarrasser à moins d'y laisser un bras et une jambe. Alors Titi apparaissait comme le sauveur.

Il arrivait que les toitures soient démontées par les clients eux-mêmes. Quand ce n'était pas le cas on s'y prenait de la façon la plus classique qui soit, à la disqueuse et au marteau de charpentier. On ne portait pas de masque de protection, comptant sur le vent pour disperser les fibres. Notre seule crainte c'était d'être repéré par l'inspection du travail, et c'est pourquoi on n'acceptait de bosser qu'à l'abri des regards, donc à l'écart des routes passantes, derrière les maisons.

On intervenait toujours à trois sur un chantier. Les plaques, bien qu'extrêmement fragiles, pesaient leur poids et on faisait tout à la main, avec des sangles et un système de poulies au besoin mais on n'avait pas de chariot télescopique ni rien de ce genre. Ensuite on les entassait dans la remorque et on les emballait dans une grande bâche en plastique, puis on partait en direction de notre centre de stockage, qu'on s'amusait aussi à appeler centre de recyclage, une ancienne scierie à l'abandon à l'entrée d'un patelin fantôme sur la route de Champagnole. Dans ce village tout était à vendre : deux hôtels, l'ancienne école, l'ancienne mairie, l'ancienne gare, et donc cette immense usine de bois. En plus des hangars et des ateliers, la propriété comportait une maison de maître et quelques logements réservés aux employés, un vrai petit domaine ouvrier. Tous les bâtiments tombaient en ruine, tout pourrissait, tout était envahi par la végétation. Des écriteaux à moitié cassés nous interdisaient l'accès aux lieux et un arrêté préfectoral était agrafé sur une porte, mais aucune entrée n'était condamnée. Le patelin était trop isolé pour attirer les squatteurs, on n'y croisait jamais personne, et le fibro s'accumulait dans les différentes pièces des différents bâtiments. Je prenais toujours un temps pour me promener avec mon appareil photo au milieu des charpentes et des plafonds écroulés par la neige, des tapisseries moisies, des murs gorgés d'eau et couverts de salpêtre, des escaliers incertains, des cuisines et des salles de bains lugubres, des chambres à coucher avec leurs lits éventrés, leurs dessins d'enfants aux murs, leurs jouets cassés, leurs habits qui traînaient sur la moquette fétide et grignotée par les blattes, les termites ou que sais-je encore. Je ne développais toujours pas mes pellicules, mais j'étais content de savoir que ces images existaient dans le secret de ces petites boîtes étanches à la lumière que je me remettais à amasser, signe que je reprenais du poil de la bête. La séparation d'avec Jenny datait déjà de plus d'un an. Je recommençais à voir du monde. Le week-end on sortait en boîte à Oyonnax. C'est comme ça que j'ai rencontré Léa.

Elle ne savait rien de mes activités avec Titi, et mes parents encore moins — ils croyaient que je bossais toujours en intérim. Léa se rendait bien compte que tout n'était pas clair, je ne me cachais pas pour exhiber mes liasses de billets, j'invitais tout le monde, je payais tout en liquide. Je me faisais des mois à plus de deux mille euros, à quoi il fallait ajouter le chômage, je n'ai jamais eu autant d'argent de ma vie. C'était imprudent ; c'était aussi profondément stupide, car je jouissais de ça, je me prenais pour un petit gangster, oui, c'était vraiment à ça que je jouais avec Léa et nos potes. Je sortais avec la plus jolie fille de la bande, avec laquelle je ne partageais rien du tout, pas même au lit contrairement à ce qu'ils croyaient tous, et dont je n'étais absolument pas amoureux, mais je prenais un certain plaisir à camper ce personnage. Toujours incapable de réfléchir à mon avenir. Pourtant j'avais l'impression d'être beaucoup plus acteur de ma vie qu'avant. Mais ma vie était une fiction, c'était bien ça le problème. La pièce de théâtre ne pouvait pas durer éternellement.

Je n'ai jamais su qui nous a balancés. Un client insatisfait qui a voulu se venger ? Un habitant de Pont-de-la-Chaux, le patelin où se trouvait la scierie désaffectée, qui observait de loin notre petit manège ? Un collègue d'Odile à la déchetterie ? Un voisin de Titi et Odile à Saint-Claude ? Mais la question n'avait pas vraiment d'importance. Lors de la garde à vue j'ai tout de suite quitté mes habits de gangster, j'ai vite compris que ça n'arrangerait pas mon cas de nier ou de raconter des conneries, de toute façon j'étais trop paniqué pour continuer à jouer la comédie. Les flics avaient l'air contents et même étonnés d'avoir affaire à un individu aussi disposé à parler, qui assumait, et dont le récit recoupait toutes les preuves en leur possession — je reconnais que sur ce coup-là je me suis vraiment comporté comme un gentil garçon, limite comme une lavette. Le procès s'est tenu cinq mois plus tard au tribunal de grande instance de Lons-le-Saunier. Aucun antécédent, casier judiciaire vierge, mon avocat a fait valoir une erreur de jeunesse, une mauvaise passe après une séparation douloureuse. J'ai pris dix-huit mois ferme, et j'en ai fait douze, au centre pénitentiaire de Varennes-le-Grand, près de Chalon-sur-Saône. Les quatre premiers mois ont été abominables, j'allais mal, je ne supportais pas l'enfermement. Surtout je partageais la cellule d'un gamin de vingt ans qui me réveillait toutes les nuits et qui prenait son pied à taper dans ma couchette puis à faire semblant de dormir, un abruti complet. Plus je répliquais et plus il cognait fort. Un autre détenu m'a conseillé de faire une demande de changement de cellule auprès du directeur, ce que je n'imaginais même pas possible. Le directeur m'avait plutôt à la bonne, à mon entrée il m'avait lancé : c'est un honneur de recevoir un étudiant en psychologie dans notre établissement, ça ne nous arrive pas tous les jours. Quel bouffon, celui-là. Mais ma demande a été acceptée et j'ai rejoint la cellule d'un petit dealer de Montceau-les-Mines, Romuald, avec qui ça s'est bien mieux passé. Mes parents venaient me voir chaque semaine. Jenny m'a rendu visite une fois. Léa deux ou trois fois mais on a rapidement décidé de s'arrêter là. Romu est sorti le premier, et les deux derniers mois j'étais seul dans la cellule. Quand mon tour est venu je suis retourné directement chez mes parents. J'avais la trouille de tout, j'étais persuadé que toute la ville était au courant, je restais enfermé dans ma chambre ou bien je prenais la voiture et j'allais me perdre dans les bois. Ma sœur rentrait souvent à la maison, précisément pour me voir, et c'est grâce à elle que j'ai réussi à m'apaiser.

Elle m'accompagnait dehors, dans la rue, et j'étais bien obligé de constater que les gens ne m'en tenaient pas rigueur, qu'ils m'avaient pardonné, qu'ils avaient oublié, ou tout simplement qu'ils ne savaient pas. Il y avait eu des articles dans *Le Progrès* et des reportages sur France 3 Régions mais aucune photo n'avait été diffusée. Mes parents avaient réussi à retourner le cerveau de tous leurs amis et voisins et j'étais perçu limite comme une victime dans cette histoire, ils m'avaient fait passer pour un brave neuneu qui donnait des coups de main occasionnels à un pote maçon et qui n'avait pas conscience du caractère toxique des matériaux qu'il manipulait — un peu comme un sportif dopé à son insu. Le problème c'est qu'ils s'étaient retourné le cerveau à eux aussi et je n'en pouvais plus de leur air d'apitoiement à chaque fois que je les croisais dans la cuisine, dans le salon, partout ils me regardaient comme si j'avais douze ans et qu'ils venaient d'apprendre que je me faisais racketter à la récré. J'en avais vingt-six et ça ne m'amusait pas du tout de voir leur gueule vieillissante tous les matins et tous les soirs. Alors encore une fois je me suis rappelé au bon souvenir de mon agence d'intérim, et j'ai recommencé à enchaîner les petites missions pourraves. Au bout de trois mois à ce rythme-là j'ai loué un studio en centre-ville et je me suis remis à sortir. C'était toute ma vie, ça, tout le drame de ma putain de vie : rentrer, sortir ; partir, revenir. Un homme boomerang. Un vrai yo-yo sur pattes. Ce n'était pas évident pour moi d'aller tout seul au cinéma ou au concert, mais je me suis fait violence, j'étais décidé à croiser du monde, à rencontrer de nouvelles personnes, peut-être de nouvelles femmes. La première d'entre elles n'était pas une inconnue totale ; elle avait quinze ans de plus que moi ; elle était enceinte.

5

Au septième mois de grossesse Florence a arrêté de travailler, normal, sauf qu'elle n'y retournerait pas à la fin du congé maternité. C'était prévu, elle quittait l'hôpital d'Oyonnax pour rejoindre celui de Saint-Claude. Elle avait mis en avant la question de la distance, ces trajets quotidiens qui seraient difficilement compatibles avec sa nouvelle vie de mère célibataire, mais il y avait une autre raison à ça. Elle voulait surtout s'éloigner du père, du père biologique. Car il existait, bien sûr. Jusqu'au septième mois elle le croisait presque tous les jours. Christophe était aide-soignant et bossait dans le même service qu'elle. Ils avaient eu une histoire pendant plus de deux ans sans qu'aucun de leurs collègues n'en sache rien. Il était marié et avait deux enfants. Quand elle lui avait annoncé qu'elle était enceinte, il avait flippé et lui avait assuré qu'il ne quitterait pas sa femme pour elle. Florence n'avait jamais eu d'attente à ce niveau-là ; elle n'avait pas du tout le rêve de s'installer avec lui dans une vie de couple ; elle n'avait jamais été amoureuse de lui. Mais elle avait décidé de garder l'enfant.

Le plus dur ça avait été de continuer à bosser ensemble. Ils se saluaient poliment histoire de ne pas éveiller de soupçons dans l'équipe mais ils ne se parlaient plus. Une fois elle l'avait surpris en train de fixer son ventre, il ne le quittait pas des yeux, elle s'était presque mise à pleurer. Elle reconnaissait que pour lui aussi ce n'était pas simple, de se dire que le petit mec qui se développait en elle était un peu le sien. Il ne savait même pas que c'était un garçon, il ne savait rien. Il ne voulait rien savoir. Il s'interdisait de s'intéresser à elle, alors qu'il devait en crever d'envie. Mais il avait trop peur de foutre en l'air ce qu'il avait construit avec sa femme et ses mômes.

Jusqu'au bout ils ont tenu leur ligne. Florence s'est fendue d'un pot de départ auquel Christophe a assisté, il a applaudi le discours de leur chef de service, il a même contribué à la cagnotte pour le cadeau collectif, un mobile en bois, que je me suis chargé de déplier. Elle se trouvait cinglée de s'être infligé ça. Il lui a fallu en sortir pour réaliser à quel point ça avait été difficile. Elle pensait qu'elle aurait dû arrêter plus tôt. Elle était là, dans mes bras, je la serrais contre moi, et je n'avais aucune raison de la contredire. C'est vrai, oui, t'aurais dû te barrer bien avant. Je posais mes mains sur son ventre et j'acquiesçais, j'approuvais, je souscrivais à tout ce qu'elle me racontait, quoi qu'elle dise j'allais dans son sens. J'aimais bien l'écouter. J'étais bien avec elle. Ça semblait réciproque. Non, vraiment, elle n'avait pas l'air de s'emmerder avec moi.

Elle me trouvait toujours aussi gentil, et ça me gonflait toujours autant. Elle ne voulait pas lâcher cette idée. Elle passait son temps à me répéter : toi, au moins, t'es gentil. Et alors elle me faisait l'impression d'une petite vieille pleine d'aigreur. Car cela supposait que les autres ne l'étaient pas. Je lui demandais qui étaient les autres, qui étaient les méchants, et elle évoquait son amie Cécile, par exemple. Cécile qui fait son adulte, qui fait celle qui sait, qui joue l'expérimentée face à l'inadaptée, face à l'attardée que je suis, qui fait l'importante, tu vois, comme ça, les bras croisés, le regard plongeant, et elle jubile de m'imaginer ramer. *La Flo avec un môme, non mais c'est pas possible…* Cécile, elle a envie de me voir à l'œuvre, elle a envie de me voir en baver, elle va enfin pouvoir me faire payer cette liberté à rallonge, cette liberté qu'elle m'enviait et dont elle a toujours rêvé de me priver. Je vais enfin être punie de cette vie de pacha, ah, depuis le temps qu'elle attend ça. Maintenant elle se sentira moins seule. Maintenant j'aurai de quoi la comprendre, après toutes ces années à me pousser, à m'encourager à l'imiter, *vas-y, lance-toi, ose la grande aventure*, tout en se disant que pour moi ça risquerait d'être terrible, même dévastateur. C'est précisément ce qui l'excite, elle espère voir du spectacle. Maintenant elle attend, elle se frotte les mains, elle frétille d'impatience.

Et je lui demandais si elle n'avait pas l'impression d'exagérer un peu, quand même. Mais non, pas du tout. C'est même pire que ça, elle me nargue. Elle en rigole d'autant plus qu'elle est en train de quitter la période critique, les six ou sept premières années qui te font vieillir de vingt ans, quand les gamins ne dorment pas et se blessent tous les deux jours et que tu manges avec des boules Quies tellement les repas sont intenables. Oh, je te fais peur, là. Je sens que tu ne vas pas rester longtemps dans les parages.

Mais ça ne m'inquiétait pas plus que ça. Et je dirais même que ça me rassurait. Parce qu'à sa façon de me parler, au ton qu'elle employait, et à sa façon de me regarder aussi, je comprenais qu'elle ne souhaitait absolument pas que je me casse. La situation n'était pas banale pour moi mais c'était ce qu'il me fallait. Il me fallait du lourd, il me fallait une histoire dense, une aventure, comme elle disait, pour recouvrir les deux années qui venaient de s'écouler et remiser la prison au rang des vieux souvenirs. Les premières semaines avec Flo je trouvais ça étrange et c'était précisément ce qui me plaisait. Ce gros ventre c'était bizarre, oui, c'était drôle aussi. Au lit on s'amusait. Elle ne pouvait plus se caresser, techniquement ce n'était plus possible, elle n'avait pas le bras assez long. Elle ne voyait plus son sexe qu'en reflet dans le miroir, elle compatissait avec les gras du bide, les buveurs de bière, comme son père à la fin de sa vie. Les tout premiers temps j'aimais qu'elle ne me rappelle en rien Jenny et encore moins Léa, parce que l'âge, la grossesse, le caractère. Puis au fil des semaines c'est devenu plus sérieux. J'ai compris que la grossesse n'était pas définitive. Je ne sortais plus seulement avec une femme difforme mais avec une future mère.

Je n'ai pas assisté à la troisième échographie mais je suis le premier à qui elle a montré les images. Le bébé était presque achevé, avec ses petites mains, ses petits doigts, son visage de profil parfaitement dessiné, les yeux fermés, le nez, la bouche, le ventre et le cordon relié, c'était la première fois que je voyais ça. Ou alors j'avais oublié parce que j'étais trop petit pour ma sœur ou bien que je m'en foutais. Mais là je ne m'en foutais pas du tout, j'allais bientôt faire la connaissance de ce petit machin et ça me touchait, j'étais presque aussi pressé qu'elle de savoir à quoi il allait ressembler. Il bougeait de plus en plus dans son ventre. J'avais l'impression d'avoir déjà entamé une sorte de relation avec lui. Je lui parlais, je lui chantais *La Jument de Michao* de Tri Yann, je ne sais pas pourquoi cette chanson-là, c'était la première qui venait. Et ce n'était pas une chanson calme, alors parfois je partais en cacahuètes et je finissais en bondissant sur le lit : *j'entends le loup, le renard et la belette, j'entends le loup et le renard chanter*... et je n'arrivais plus à m'arrêter. Un jour j'ai croisé le voisin de palier de Florence, il m'a avoué qu'il avait cette chanson dans la tête depuis une semaine à cause de moi. Vivement les berceuses, qu'il m'avait dit.

Il me prenait peut-être pour le père. Ça, c'était une question qui m'obsédait quand on sortait se balader ou faire des courses tous les deux, j'avais l'impression que c'était ce que les gens se disaient en nous voyant, et j'en retirais une forme de confiance, je ne sais pas, une forme d'aplomb un peu ridicule. Je me sentais adulte. Ce n'était même pas une histoire de maturité mais vraiment d'image sociale. Comme un enfant qui joue à la poupée et qui croit à son personnage. La même chose qu'avec Jenny dans la cour du lycée, finalement. Pas si nouveau que ça. Je retombais dans mes travers. J'avais joué les petits couples rangés à quinze ans. Les voyous à vingt-cinq. Et maintenant, les futurs pères de famille.

Florence a fini par me présenter sa mère. Chez elle, aux Trois Cheminées. Monique vivait seule depuis la mort de son mari deux ans plus tôt et le frère de Florence habitait à Strasbourg, alors c'était toujours sa fille qui intervenait en cas de pépin. Là, elle l'avait appelée pour une vitre cassée. Un coup de vent, une fenêtre qui avait claqué trop fort. On s'est arrêtés acheter un carreau tout neuf et un pot de mastic à la Droguerie centrale et on a pris la route de Genève, c'est-à-dire les lacets de Septmoncel. Une bonne demi-heure de voiture pour atteindre le village éclaté de Bellecombe. Pas une maison à moins d'un kilomètre l'une de l'autre. Au moins on ne se prend pas trop le chou avec ses voisins, par ici.

Florence m'a introduit comme son petit

copain. Ça m'a surpris, *petit copain*. Pas sûr qu'elle aurait dit la même chose si j'avais eu son âge. Au moins elle assumait, j'ai apprécié.

Monique sortait de la douche et elle nous a accueillis en peignoir et pieds nus. J'ai pu confirmer ce que m'avait raconté Flo dans la voiture en montant, à savoir qu'il lui manquait deux orteils à gauche. Accident de chasse à vingt ans. J'étais avec le Bernard, mon mari, c'était un jour qu'il faisait un froid de gueux et pour pouvoir garder les mains dans les poches je tenais le fusil droit, à l'horizontale, comme ça. Puis le fusil a basculé, j'ai voulu le rattraper et je l'ai pris par la détente. Pourtant j'avais mis le cran de sûreté mais je sais pas pourquoi, le coup est parti quand même, pan, en plein dans le pied.

Et après ça, vous avez arrêté la chasse ?

Ah non, j'ai repris dès que j'ai pu remarcher.

Son peignoir était couvert de poils de chien, ceux d'un vieux border collie apathique qui squattait le canapé. Le clebs avait servi à la ferme quand ils avaient encore des vaches, et d'après Monique il avait vingt-deux ans mais Florence n'y croyait pas. Elle lui en donnait maximum dix-huit. De toute façon elle n'était pas là quand il était arrivé à la maison, elle n'avait pas son mot à dire. Elles étaient assez vachardes entre elles mais je ne sentais aucune méchanceté, elles étaient sans filtre, comme on dit, elles s'envoyaient des piques et ça les faisait rire toutes les deux.

J'ai commencé par m'occuper de la fenêtre,

puis j'ai découvert le jardin, les pâturages, les forêts d'épicéas tout autour. Une partie des champs leur avait appartenu jusqu'à ce qu'ils les cèdent pour trois fois rien au dernier paysan de la commune. Bernard, avec l'aide de Florence et d'amis bricoleurs, avait transformé les dépendances de la ferme en gîtes, deux logements qui avaient plutôt bien tourné les premières années, du moins en période de vacances, puis on avait diagnostiqué à Bernard un cancer du pancréas, un truc fulgurant, il était parti en six mois. Monique et Florence avaient pris le relais pour les locations, Florence gérait les réservations et Monique s'occupait de l'accueil et du ménage. Ménage sommaire, comme elle disait. C'est jamais vraiment nickel mais je l'annonce à l'avance, je ne les trompe pas sur la marchandise, moi je suis toute seule, je fais de mon mieux, si vous voulez du neuf vous prenez un hôtel aux Rousses. Mais les gens revenaient d'une année sur l'autre, pas tant pour le gîte que pour le cadre, la sensation d'espace, les vastes combes dégagées, les chemins de randonnée qui se changeaient en pistes de ski de fond l'hiver et qui passaient juste devant la maison.

Sur le retour on s'est arrêtés aux Moussières, à la demande de Monique, pour arroser une nouvelle plante sur la tombe de son mari. Florence ne s'y rendait presque jamais, c'était l'occasion. Bernard était enterré avec ses propres parents, la stèle n'était pas très bien entretenue. On s'est promenés dans le cimetière en commentant les tombes des autres. Florence s'est mise à s'énerver contre ces pierres tombales polies à l'extrême, ces marbres luisants, elle trouvait ça moche. En tout cas c'est pas du tout mon style, moi mon rêve c'est d'être enterrée dans un cimetière tout défraîchi avec des stèles noircies envahies par la végétation, des croix de traviole et des renards et des chamois qui viennent passer la nuit. Je suis pourtant pas spécialement gothique mais j'adore ces ambiances. Toutes ces tombes propres et lisses, il va falloir des dizaines voire des centaines d'années pour qu'elles ressemblent à ces vieilles sépultures recouvertes de mousse tellement belles. Je pense à mon gamin, voilà. Je me dis qu'il ne pourra même pas en profiter. Ma tombe n'aura ce charme-là qu'aux yeux de personnes qui ne m'auront pas connue. À moins d'exiger une tombe volontairement abîmée, une sépulture vintage, avec mousse et lichen incrustés. Non mais c'est pas si bête comme idée. Pourquoi est-ce qu'on ne pourrait pas être enterré dans de l'ancien, investir une vieille tombe abandonnée dont plus personne ne connaît l'occupant, lequel s'est décomposé depuis belle lurette, de toute façon ? Mais le moderne a la cote chez les morts comme chez les vivants. Ça c'est un truc qui me dépasse, l'obsession du neuf. Là-dessus, j'avoue que je suis comme ma mère. Tu sais que Cécile refuse d'acheter des fringues d'occase. Tu sais pourquoi ? Bah tiens, justement parce qu'elle a peur qu'elles aient appartenu à des morts. Non mais elle est tarée. C'est le principe des friperies.

On porte les habits des morts, ben oui, et alors ? Le pire c'est que ses deux gamins s'appellent Léon et Marius. Elle donne des vieux prénoms mais pas des vieux habits.

On était en plein milieu du cimetière quand elle s'est mise à hurler à cause de sa sciatique. Depuis quelques jours ça la pinçait en haut de la cuisse dès qu'elle restait trop longtemps debout. Elle s'est appuyée sur mon épaule en prenant une pose de danseuse classique et en soufflant à pleins poumons. On est restés comme ça sans bouger au moins deux minutes face à la tombe d'une certaine Marcelle Secrétant, née Reverchon, et de son mari Marcel. Ils étaient nés tous les deux en 1929. Marcel était mort le premier. Marcelle l'avait rejoint vingt-sept ans plus tard. Puis Florence s'est détendue, elle s'est remise à marcher et on a regagné la voiture.

6

À dix jours du terme le col de l'utérus était long et parfaitement clos, Florence n'avait aucune contraction et le bébé était haut dans son ventre alors on faisait beaucoup l'amour pour le stimuler, on allait à la piscine, on marchait, on essayait malgré l'inconfort et la sciatique de rester actifs. Florence mettait de la musique et on dansait dans le salon, je me collais contre son dos et posais les mains sur son ventre et l'accompagnais dans ses mouvements modérés et pourtant saccadés, ses légers soubresauts, ses tressaillements que je ne sentais pas venir, qui me surprenaient et qui me faisaient rire. Et elle riait aussi et on finissait par ne plus savoir pourquoi on riait, et dans ces moments-là je m'attendais toujours à ce qu'elle se fige et qu'elle se mette à crier comme dans les films, oh putain ça y est il arrive, j'ai perdu les eaux, et qu'il faille que je la porte dans les escaliers et que je l'installe dans la voiture sur le siège passager couché au maximum et que j'essaie de l'apaiser en lui rappelant de bien souffler et de respirer lentement. Au boulot je gardais mon téléphone dans ma poche et il ne se passait pas une heure sans que j'y jette un œil, et comme je n'étais pas le père je n'avais pas droit de les abandonner en plein milieu de la journée et d'ailleurs ils ne savaient pas, aucun de mes collègues n'était au courant. Mais quand je sortais je l'appelais immédiatement et elle décrochait et m'annonçait que non, toujours rien. Alors on continuait à danser, à sortir se balader, le jour et parfois même la nuit. La sage-femme lui plantait des aiguilles chinoises un peu partout sur le corps, même entre les doigts de pied, mais pas plus que le sexe l'acupuncture n'avait d'effet, le bébé devait être bien là où il se trouvait, comme Florence ne cessait de le répéter au téléphone à Cécile, à Claire et Patou, à Salim ou à sa mère. Le terme est arrivé, puis a été dépassé d'un jour, de deux, de trois, et c'est au quatrième que l'accouchement a été programmé. Elle est entrée le soir à la maternité et a reçu ses premières injections destinées à dilater le col, l'accouchement était prévu pour le lendemain autour de midi. C'était un samedi. Ça tombait bien parce qu'elle tenait à ma présence, ça la rassurait que je sois là.

Le gynéco, deux sages-femmes et deux internes avaient tous les yeux rivés sur son entrejambe grand ouvert. La péridurale n'était pas très efficace et à chaque poussée elle criait tout ce qu'elle pouvait. Elle se déchaînait, elle insultait la terre entière, tout y passait, et je comprenais aux sourires des sages-femmes que ce n'était pas si habituel que ça. Mais Flo ne se censurait pas, non, c'était pas le genre de la maison. Une nouvelle contraction arrive, vous allez pousser fort. Et c'était reparti. En hurlant puttaaaaaaaainnn de sa mèèèèère... Et je me tenais debout à ses côtés, je serrais sa main et je ne savais pas quoi faire, pas quoi dire, j'étais complètement dépassé par les événements. Je regardais le gynéco, qui me semblait étonnamment préoccupé. Je regardais Florence qui pleurait et transpirait en poussant et en criant, qui n'en pouvait plus. Son visage se déformait sous l'effet de la pression, les veines de ses tempes étaient sur le point d'éclater. Je me suis tourné vers les deux internes et je me suis senti mal, j'ai attrapé un tabouret derrière moi et je l'ai tiré auprès du lit et je me suis laissé tomber dessus, je n'avais plus aucune force, je devais être aussi livide que Florence était écarlate. Ça va aller, monsieur ? Et je n'ai pas eu le temps de répondre qu'une nouvelle contraction s'annonçait. Allez, c'est bien, vous avez fait le plus dur. Une sage-femme m'a invité à me pencher, car la tête venait de sortir, mais le gynéco a préféré que je reste en retrait. Dix secondes après, une masse luisante et flasque s'est échappée du vagin, comme ça, d'un coup, comme une grosse carpe qui vous glisse entre les mains. Le bébé a émis un petit cri. Le gynéco s'est enfin détendu. Une sage-femme l'a posé sur le torse de Florence qui pleurait de douleur ou de joie, je ne savais pas. Le bébé a été ausculté rapidement, et en sortant de la salle d'accouchement le gynéco m'a avoué que le délai de cinq jours au-delà du terme et surtout la teinte verdâtre du liquide amniotique leur avait fait craindre des complications. Mais tout s'était bien passé. Le petit était en parfaite santé. Ne me demandez pas son poids ni sa taille, alors là j'ai tout oublié. Le prénom, ça par contre je me souviens. Florence ne voulait pas le révéler avant la naissance, pas même à moi. La sage-femme a noté sur sa feuille : alors c'est un petit Jim.

Ils ont été emmenés dans une chambre, et quand je les ai retrouvés il était enveloppé dans un lange, portait un bonnet pointu et tétait déjà le sein. Je n'étais sans doute pas tout à fait à ma place, et pourtant ces trois derniers mois je m'étais senti assez légitime dans ce rôle, celui du petit ami du moment, celui qui débarque en pleine période intensive. J'avais vécu les dernières semaines de la vie de Florence sans enfant, j'avais partagé cette intimité particulière de l'attente, ce temps d'avant la bascule, je m'étais imprégné de son impatience, un peu de sa curiosité, de quelques-unes de ses inquiétudes. Ce que je n'avais pas, c'était l'appréhension devant l'expérience physique que représentait l'accouchement. Je croyais que c'était un moment magique et bouleversant et puis c'est tout. Je ne m'attendais pas à une telle épreuve. Pourtant ça s'était déroulé assez rapidement, contrairement à certains cas où ça durait plus de dix heures. Mais ces hurlements, ces insultes, ces expressions de douleur atroce sur le visage de Florence, je n'avais pas anticipé tout ça. Si bien qu'en les rejoignant dans la chambre, j'étais surpris de me confronter à un tel climat de sérénité. Là, on baignait dans le cliché de la naissance radieuse. Sauf que j'étais encore marqué par la violence de ce qui avait précédé. Et puis je n'avais pas le choc personnel pour compenser. Je n'étais pas ému comme un père. J'étais encore tout tremblant en arrivant dans la chambre, je ne pensais qu'à elle, à Flo, pas du tout au bébé. Elle avait les yeux rouges et cernés, des petites veines explosées sous les paupières, mais j'ai bien compris à son air et au sourire qu'elle m'a adressé qu'elle était déjà passée à autre chose. Elle a tout de suite repiqué sur ce petit machin collé contre elle avec ses yeux plissés qui suintaient un liquide jaunâtre, ce drôle de petit machin qui gobait son mamelon et qui était plein de cheveux, tu vas voir. Mais si, regarde. Elle a remonté un peu le bonnet de lutin et en effet, il avait des cheveux très noirs, des mèches de plus de cinq centimètres. Regarde comme il est beau. Et j'essayais, oui, j'essayais de le regarder, mais je n'y arrivais pas. Je n'arrivais pas à me concentrer sur le petit. Non pas que je m'en foutais, mais c'était tellement étrange, tellement extérieur à ma vie.

Là, j'étais paumé. Là, pour le coup, je n'étais plus à ma place, je ne savais plus où me mettre. Je suis assez vite sorti et j'ai taxé une clope à un mec devant les portes automatiques et j'ai quand même passé un coup de fil, j'avais besoin d'en parler. Je n'avais pas des masses de personnes à prévenir, et la première ça a été Romu, avant même ma sœur. C'est avec mon ancien pote de cellule que j'avais envie de partager la nouvelle. Je lui ai dit que l'accouchement avait été horrible, alors que je le répète, ça aurait pu être pire, et je lui ai dit que le gamin était plein de cheveux, et il ne savait pas vraiment quoi dire, il rigolait à l'autre bout, il marmonnait, c'est ouf, ça, t'es un ouf, Aymeric. Puis j'ai appelé ma sœur, qui n'a pas répondu puisqu'elle bossait et je lui ai laissé un message où j'ai essayé de faire de l'humour en l'appelant tata Aurélie et en lui avouant que j'étais déçu qu'elle se montre si peu concernée par la naissance de son neveu. D'ailleurs elle ne m'a même pas rappelé, elle m'a simplement envoyé un SMS vers minuit pour féliciter la maman. En retrouvant Flo et le petit dans la chambre j'ai enfin sorti l'appareil, ce que j'avais oublié de faire plus tôt, dommage. Mon père avait pris des photos de ma mère pendant qu'elle accouchait d'Aurélie et j'avais imaginé faire la même chose : quand la vulve s'ouvre pour laisser apparaître le haut du crâne ; quand la tête est entièrement sortie ; le bébé encore relié au placenta. Ces photos étaient classées dans un album qui n'était pas rangé avec les autres dans la bibliothèque du salon mais tout en haut d'un meuble du cagibi, avec nos premiers dessins et nos premiers cahiers d'écriture à ma sœur et moi, mais aussi des boîtes de diapositives qui dataient d'avant ma naissance. Sur certaines de ces diapos nos parents se baignaient à poil dans les gorges de l'Ardèche. Au moins Jim ne ferait jamais ce genre de découverte. Florence n'avait aucune photo du père. De toute façon il n'y avait pas de père. L'acte de naissance ne mentionnait que l'existence de la mère. Le petit portait évidemment le nom de Florence : Pelletier.

Monique, la mère de Flo, est passée en fin d'après-midi et je les ai pris en photo tous les trois sur le lit. Le lendemain ça a été au tour des amis : Cécile a offert un doudou lapin, Claire et Patou un doudou mouton. J'ai assisté à un cours pour apprendre à donner la toilette et changer les couches. Tout le monde à la maternité me prenait pour le papa, et ça a été la même chose à la pharmacie, où je me suis pointé avec une ordonnance à rallonge et où on m'a demandé si c'était mon premier enfant ; je n'ai pas osé dire que ce n'était pas le mien.

Florence a fini par rentrer chez elle, et les premiers temps je passais la voir tous les soirs après le boulot. Je m'occupais du ménage, des courses, et je m'intéressais toujours aussi peu au bébé. Florence insistait pour me le coller dans les bras mais je ne savais jamais quoi faire avec lui, à part chantonner la jument de Michao et son petit poulain, mais il devait sentir que je n'étais pas à l'aise et au bout de trente secondes il s'agitait, je devais lui faire peur, ou bien c'était qu'il avait faim, et alors il retournait déchiqueter les seins de sa mère. Il tétait quasi en continu, ce qui d'après Cécile n'était pas normal. Pour ses deux garçons ça ne s'était pas du tout passé comme ça, ils tétaient goulûment pendant cinq ou dix minutes puis plus rien pendant au moins deux heures. Florence en a parlé à la sage-femme, qui lui a reproché de ne pas assez y mettre du sien, de ne pas assez y croire. Et comme j'ai dit, ses seins morflaient, le bébé les triturait tellement qu'elle avait des crevasses au bout des tétons. Mais le pire c'était que Jim ne grossissait pas. Florence n'était pas une bonne laitière. Elle s'est retrouvée à devoir louer un tire-lait électrique, une machine qui lui défonçait encore plus le bout des seins et qui pour autant n'était pas plus efficace que la bouche de son fiston. Elle s'est accrochée avec la sage-femme au téléphone, j'ai rapporté la tireuse à la pharmacie et j'ai acheté un biberon et un bidon de lait en poudre. Une semaine plus tard, le gosse avait pris cinq cents grammes.

Les choses se sont assez vite arrangées de mon côté. Je ne peux pas vraiment parler de déclic, mais le fait est que l'indifférence, enfin l'indifférence c'est peut-être un peu extrême mais disons la gêne, voilà, la gêne s'est rapidement dissipée, pour laisser place à un sentiment beaucoup plus tendre, beaucoup plus attentionné. Je me suis mis à être touché par ce petit bonhomme qui changeait de jour en jour, je me suis mis à être passionné par son évolution, justement. Il existait à mes yeux. Je gardais une forme de distance mais ce n'était plus de la gêne, plutôt de la pudeur. On prenait le temps de s'apprivoiser l'un l'autre. On faisait connaissance.

Il me regardait, il m'agrippait l'auriculaire avec sa petite main comme sur ces cartes postales un peu kitsch, il n'était plus le mollusque des premiers jours. Et puis je ne le sentais plus du tout hostile à ma présence, il m'acceptait dans son environnement, j'étais autorisé, ça y est, je pouvais changer ses couches, le bercer, le coucher, lui donner le bain et le biberon. Faut dire aussi qu'il était facile. Après les cheveux noirs à la naissance c'était l'autre trait distinctif qu'on ressortait à chaque discussion, oh là là, il est simple, il ne pleure pas, et maintenant qu'on le nourrit au biberon il fait ses nuits. À un mois il dormait déjà dix heures d'affilée, si bien que je n'avais pas du tout la gueule d'un jeune papa quand je débarquais au boulot. Quand il a eu trois mois Florence a commencé à bosser à l'hôpital de Saint-Claude, en faisant deux nuits tous les quinze jours, alors je dormais chez elle avec le petit. À cinq mois il a fait son entrée en crèche et là ça a été un peu compliqué. On le laissait tous les matins en pleurs. Les auxiliaires nous poussaient hors de la salle et la directrice nous disait qu'on ne l'aidait pas à traîner comme ça devant la porte et à guetter par le hublot. Une fois dans la rue on s'effondrait. Quand on le racontait autour de nous il y avait toujours quelqu'un pour prendre de haut nos réactions, pour les juger et les interpréter : c'était parce que Florence avait eu son gamin sur le tard et qu'il représentait tout pour elle ; c'était parce qu'on était trop sur lui, trop dévoués, trop à l'écoute. C'était le discours de Cécile, ça. Enfin, il s'agissait plutôt de suppositions formulées par Florence sur ce que Cécile et Bruno se disaient entre eux. Mais Florence se défendait d'être paranoïaque. Je les connais bien, tous les deux, Cécile et Bruno, je les imagine tellement jaser, du style : *non mais t'as vu comme ils sont avec lui, ils accourent au premier grognement, ils sont complètement aliénés, le pauvre gamin ils le laissent à peine respirer*. Monique aussi était pas mal dans le genre, à nous encourager à le laisser pleurer, en prétendant que ça lui fortifiait les poumons. Mais ça ne nous empêchait pas de le lui confier assez souvent, et même pour plusieurs jours. Il n'avait que sept mois quand on l'a déposé chez sa grand-mère pour aller voir Marilyn Manson et Amy Winehouse aux Eurockéennes de Belfort. À la fin de l'été il avait donc neuf mois quand j'ai lâché mon appartement pour venir m'installer chez Florence.

7

Puis on a fêté son premier anniversaire. Mes parents et ma sœur étaient là, ils avaient encore du mal à se positionner mais ça les obligeait à rester en retrait, au moins ils ne faisaient aucun commentaire, eux. À un an Jim se redressait, s'asseyait, se déplaçait, se tenait debout avec un appui. J'étais définitivement fou de ce môme. Je me sentais comme investi d'une mission protectrice à son endroit. Il me touchait tellement que l'idée qu'il lui arrive le moindre malheur m'était insupportable. On montait ensemble aux Trois Cheminées, je le glissais dans le porte-bébé et je partais marcher dans les champs et dans les bois. Je quittais les chemins pour aller cueillir des framboises sauvages et parfois je m'arrêtais au milieu d'une combe, je le posais dans l'herbe et le photographiais parmi les chardons, les gentianes jaunes et les épilobes. En arrière-plan un troupeau de bœufs allongés, une ancienne ferme comtoise transformée en refuge, une forêt d'épicéas. Quand il s'endormait contre moi je poussais jusqu'au sommet du crêt de Chalam, d'où on peut admirer le mont Blanc, et pour regagner la maison de Monique je longeais ces prairies de hautes herbes humides et fleuries dont je n'arrivais jamais à retenir le nom. Je demandais à Monique à mon retour. Mais tu m'as déjà demandé la semaine dernière, enfin, des mégaphorbiaies. Mégaphorbiaies... Drôle de nom pour une prairie.

Monique détestait qu'on la qualifie de mémoire vivante des Hautes Combes, elle jouait les modestes et prétendait n'être qu'une enfant du pays parmi d'autres. Quoi qu'il en soit, les lieux n'avaient aucun mystère pour elle et c'était une chance de l'avoir avec nous. Il est possible que le portrait que je fais de la mère de Flo jusqu'ici donne l'image d'une personne dure voire un peu rustre, mais dans ce cas je me trompe. C'est vrai qu'elle avait un petit côté revêche, mais c'était surtout une femme passionnante, et une sacrée bavarde, impossible à stopper quand on la lançait sur les plantes et les animaux qui peuplaient la nature autour de chez elle. Elle s'intéressait aux grosses bêtes comme aux toutes petites, elle avait chassé le gibier pendant près de cinquante ans et maintenant qu'elle s'essoufflait pour un rien et qu'elle était toute rouillée de partout comme elle disait, elle se passionnait pour les insectes de son jardin. Elle conduisait encore, une Twingo orange première génération qui six mois après la mort de son border collie continuait à puer le chien. Et puis je la trouvais belle, la Monique. Elle le savait. Elle savait qu'elle me plaisait. Je la prenais beaucoup en photo. Elle posait sans problème, et ça, c'était agréable, d'avoir quelqu'un qui ne se détournait pas, qui ne me reprochait jamais de la suivre ou de l'épier avec mon appareil. C'était une maladie dans ma famille, mes grands-parents, mes parents, ma sœur, ils avaient tous horreur d'être photographiés. Dès que je pointais l'appareil sur eux ils se transformaient, d'un coup ils ne savaient plus comment se tenir, ils s'arrêtaient de parler et ils étaient comme pris de tics : des haussements d'épaules, une jambe qui gigotait, alors je ne pressais même pas le déclencheur, je rangeais l'appareil dans la sacoche et ils recouvraient leurs esprits et leur attitude naturelle. Il y avait aussi ceux qui ne prenaient même pas la peine d'être mal à l'aise et qui se protégeaient avec la main en avant, la spécialité de Florence. Ça me dépitait, d'autant plus que sa mère, elle... Mais t'as qu'à sortir avec ma mère, si t'es pas content.

Bon.

L'arrivée de Jim m'avait procuré un nouveau modèle exemplaire, dès qu'il voyait approcher l'appareil il se mettait à gazouiller. Et puis Florence s'est peu à peu détendue, elle a même accepté de poser nue.

Après la naissance on s'est mis à baiser à peu près normalement — elle préférait dire *niquer* mais moi j'ai toujours aimé dire *baiser*. Ça n'avait plus rien à voir avec nos premières fois. Je redécouvrais son corps. Sans cette grosse boule en avant qui prenait toute la place on pouvait essayer de nouvelles positions. Je l'aimais, ce corps nouveau, ce corps de femme de quarante ans qui ne pratiquait aucune activité physique, ni footing, ni yoga, ni rien de tout ça. J'aimais ses seins qui tombaient, j'aimais ses fesses un peu molles, j'aimais son corps imparfait. Je ne dis pas que je l'aimais avec ses imperfections, je crois que je l'aimais précisément pour ses imperfections. Je trouvais quelque chose d'excitant, quelque chose de bandant, à ce corps en voie de vieillissement. De toute façon j'avais toujours eu un petit faible pour les femmes plus âgées, la mère du copain, la prof, la voisine, vous voyez le genre. Et j'assume le côté fantasme de jeune puceau, le cliché de film porno, qu'est-ce que vous voulez que je vous dise. Mais je crois vraiment que les femmes se trompent avec cette obsession du corps parfait, elles ne se rendent pas compte que les hommes ne sont pas tous obsédés par les jeunettes. J'aimais vraiment son torse creusé, ses clavicules saillantes, les plis de la trachée le long de son cou. J'aimais que sa peau ne soit pas aussi ferme que celle des gamines de mon âge, j'aimais qu'elle ne soit pas une poupée en caoutchouc, un Playmobil. À chaque fois qu'elle apparaissait à poil devant moi, je le prenais comme une vraie marque de confiance. Derrière l'attitude, le look, la culture, les discours, il y avait donc ce corps bizarre, ce corps non pas difforme mais forcément abîmé, et j'aimais qu'elle accepte de me mettre dans la confidence des effets du temps sur son corps, du temps et des excès divers, et puis de la grossesse. Elle avait toujours quelque chose d'un peu hésitant quand elle se déshabillait devant moi, elle prenait un air un peu triste, comme si j'allais être déçu, puis elle finissait par oublier son bas-ventre froissé par l'accouchement, et elle s'abandonnait. Elle n'avait pas le choix, elle lâchait sa fierté, elle ne faisait plus sa rockeuse tout en maîtrise, et ça me la rendait plus humaine et d'autant plus désirable. Ce que j'aimais aussi c'était sa façon de se comporter au lit. J'aimais qu'elle en sache plus que moi sur la question, qu'elle soit plus avancée, que ça n'ait rien à voir avec Jenny ou avec Léa, deux quasi-débutantes. Florence me parlait, me guidait, elle m'apprenait à être doux avec ses seins, à les caresser, à les embrasser, à lécher ses tétons. Elle aimait que je reste en elle tout en bougeant légèrement, par de brefs à-coups imprévisibles. Elle aimait que je ne la baise pas comme une bête, que je ne la retourne pas comme une crêpe, ça elle avait connu, elle avait même longuement pratiqué et il lui avait fallu du temps pour admettre que ce n'était pas son truc. Avec moi, elle se focalisait sur son plaisir à elle. Elle prétendait même en rigolant m'avoir choisi pour ma jeunesse et donc mon inexpérience afin de me modeler à sa mesure.

Tout ça pour dire que l'arrivée de Jim ne nous a pas du tout éloignés. De toute façon il avait toujours été là. Il n'y a presque pas eu d'avant. Et pour lui aussi j'avais toujours été là. Maintenant il m'appelait papa. D'ailleurs il ignorait que je n'étais pas son père. Florence ne se voyait pas lui révéler la vérité avant qu'il ait au moins six ou sept ans. Ça me paraissait très loin. Je n'étais pas pressé que ça arrive.

Quand je parlais avec ma sœur ou avec mes potes je prétendais l'aimer comme si c'était mon fils. Je voulais bien croire que la formule était un peu creuse, mais ce que je ressentais pour lui était tellement fort que je ne voyais pas comment ça pourrait l'être encore plus. Il me bouleversait, ce gamin. Quand il nous appelait, même en pleine nuit, avec sa petite voix éraillée, j'étais toujours content de me lever et de le trouver assis dans son lit avec ses yeux gonflés, de ramasser son doudou tombé sur le lino, de le rallonger et d'étendre la couette sur son petit corps en chien de fusil ou bien d'aller lui préparer un biberon et de lui faire un nouveau bisou sur le front avant de me recoucher auprès de sa mère. Bon, vous devez penser que j'exagère, que je ne suis pas tout à fait honnête, et vous avez en partie raison. Mais ce sont de vieux souvenirs, on oublie rapidement, et puis on oublie surtout les moments ingrats, non ? Il ne reste très vite plus grand-chose de la lenteur, des caprices, de la fatigue. Si bien que de ces premières années je ne garde vraiment que des images joyeuses, des images de courses-poursuites dans les champs autour de chez Monique et de descentes de toboggan, de repas où il s'empiffrait de croûtes de comté et de couennes de jambon et de sorties au supermarché où il répétait en boucle : zombie-manger-cervelle, tout en marchant vers nous avec un air de mort-vivant pour nous enserrer les cuisses et ne plus nous lâcher. Je me souviens qu'à l'époque je faisais carrément la publicité de la parentalité auprès de mes potes. Faites des gamins, c'est génial, je vous promets, c'est que du bonheur. Bien sûr que ça change la vie, mais il suffit de s'adapter, et de changer soi-même. Auprès de certains je passais pour un illuminé.

Auprès de Cécile on passait plutôt pour des provocateurs. La pauvre, elle avait de quoi enrager, elle qui nous avait promis que les choses sérieuses commençaient quand ils se mettaient à marcher. Puis, une fois que Jim marchait et que tout allait bien, elle s'était rappelé que la période vraiment critique se situait plutôt entre deux et quatre ans. Mais comme à quatre ans on n'avait toujours rien à déplorer, elle a fini par comprendre : c'est parce que vous n'en avez qu'un, un seul enfant c'est du gâteau, c'est à partir de deux que ça se corse. Faites-lui un petit frère, là vous allez déguster.

Sauf qu'on n'en avait pas l'intention. Florence à cause de son âge, et moi je n'en avais pas envie. Enfin, peut-être que si Flo avait été partante je me serais lancé, mais j'avais l'impression de savoir qu'il ne le fallait pas, que c'était une mauvaise idée. Comme si je devinais que notre histoire ne durerait pas. Malgré notre entente sexuelle et tous les bons moments qu'on partageait, notre relation me semblait encore assez incertaine. Cela faisait plus de quatre ans qu'on était ensemble, et pourtant j'avais toujours du mal à y croire. Je ne doutais pas d'elle, je doutais de moi. Ça me fait chier de le dire mais c'était aussi bête que ça : pur et simple manque de confiance en soi. Manque d'aplomb, manque d'assurance. Je ne croyais pas assez à mon personnage. Je n'étais pas assez investi dans mon rôle. Comme si je n'avais pas les épaules pour l'incarner pleinement. Comme si je n'étais pas tout à fait la bonne personne, ou pas tout à fait à la bonne place.

8

Monique avait de plus en plus de mal à marcher. Le rhumatologue s'est d'abord scandalisé d'apprendre qu'elle suivait un traitement antibiotique alors qu'on lui avait diagnostiqué une insuffisance cardiaque, puis il lui a prescrit des infiltrations de corticoïdes dans le genou gauche. Malgré tout ça elle continuait à conduire. Un jour qu'elle est venue nous voir à Saint-Claude elle nous a avoué avoir descendu les lacets de Septmoncel au point mort pour soulager sa jambe. Florence lui a aussitôt confisqué les clés de sa Twingo.

Sans voiture elle ne pouvait plus vivre seule et on a décidé de déménager aux Trois Cheminées. On s'est installés dans le gîte, dont Monique ne s'occupait plus depuis deux ans, ce qui avait été un crève-cœur pour ses fidèles locataires, lesquels se rabattaient sur des maisons des environs et venaient quand même la saluer deux ou trois fois par semaine. On a commencé par un grand ménage et toute la déco y est passée, les affiches, les couchers de soleil et les mots en lettres de bois sur les portes de chaque pièce ont été remplacés par les mêmes photos et posters que dans notre ancien appartement. Florence tenait à conserver un environnement, comment dire, branché ? citadin ? rock'n'roll ? adolescent ? À quarante-cinq ans elle avait beau vivre au fin fond du Haut-Jura dans la maison de ses parents avec son fiston de quatre ans, sa mère quasi grabataire et son mec intérimaire, elle refusait de baisser la garde. Elle s'habillait toujours comme à vingt-cinq ans, elle avait conservé son énergie, ses piercings, ses passions pour le rock anglo-saxon. Par exemple elle a remis exactement à la même place sur le frigo, tenue par deux magnets à la con, cette image arrachée dans un magazine sur laquelle on voyait Kate Moss et Pete Doherty déambuler côte à côte dans la boue. La photo avait été prise dans un festival en Angleterre, Kate portait des bottes de pluie et une mini-robe dorée sans soutif et Pete son petit chapeau noir. Florence m'avait expliqué que la scène datait de l'époque où H&M avait cassé son partenariat avec Kate Moss suite à une photo ou une vidéo, je ne sais plus, où on la voyait sniffer de la coke. Je me suis toujours dit que pour Flo, la définition de l'élégance c'était ça, que pour elle la grande classe, le style ultime, le modèle suprême, le couple idéal, c'était eux, eux sur cette photo. J'ai toujours pensé qu'elle devait rêver d'être à sa place, à la place de Kate Moss dans ses bottes crottées avec son gobelet rouge et son sac en cuir à la main, et je ne sais pas si elle s'en rendait compte mais je n'avais rien à voir avec Pete Doherty, moi.

Mais elle n'avait pas l'air d'en souffrir, elle n'avait pas l'air malheureuse. Elle réussissait à se contenter de ça : cette photo sur le frigo, ses centaines de disques, ses piercings et ses jeans noirs et ses vestes en cuir, et puis les souvenirs de sa vie de nomade avec son tailleur de pierre.

Elle ne me parlait pas souvent de ce type, qui vivait dans le Nord, maintenant. Il s'était installé avec une femme et aux dernières nouvelles, non, il n'avait pas d'enfant.

Quant à Jim, on se demandait si le déménagement n'allait pas le perturber un peu, mais alors pas du tout. Il était trop jeune pour regretter sa vie d'avant. Et puis il adorait cet endroit, ce n'était pas un changement total pour lui, il connaissait déjà Bellecombe comme sa poche.

Les Hautes Combes ; Bellecombe ; les Trois Cheminées : il faut peut-être que je clarifie un peu les choses, car je comprends qu'on puisse s'emmêler les pinceaux. Les Hautes Combes, c'est un vaste domaine skiable à plus de mille mètres d'altitude, qui englobe une petite dizaine de communes. Bellecombe est l'une de ces communes, et les Trois Cheminées, un hameau de la commune de Bellecombe. Voilà qui est posé.

Le vrai changement concernait surtout notre mode de vie. Maintenant on était toujours dehors, et ça voulait dire toujours debout, toujours en action. On avait toujours des tas de trucs à faire, casser le petit bois pour l'hiver, ranger l'atelier, sortir le vieux tracteur rouge Massey-Harris du grand-père, dont j'ai remplacé toutes les bougies et auquel j'ai donné deux trois coups de clé. L'engin a redémarré impeccable, ah, j'étais fier de moi. Je prenais Jim derrière ou sur mes genoux et on taillait dans les chemins et on n'avait rien à transporter de spécial mais on adorait ça. Pour tout ce qui tournait autour du tracteur j'associais le môme, rien que pour faire le plein d'essence je l'attendais, même s'il se contentait d'ouvrir et de reboucher le jerrican c'était toujours ça de fait. Il fallait faire, oui, c'était ça, on ne se plantait jamais devant la télé comme à Saint-Claude, on se trouvait toujours des tas de raisons de bouger. On s'inventait de nouveaux projets, comme la fois où je me suis piqué d'installer une douche extérieure derrière la maison : en branchant un tuyau en zinc directement sur le chauffe-eau et en ajoutant un mitigeur — on a passé l'été à se laver en plein air avec vue dégagée sur les pâturages. On s'est même amusés à faire un potager autour de la baraque. Il a fallu le clôturer à cause des sangliers et des blaireaux. À cette altitude ce n'est pas évident de faire pousser des légumes, mais on a quand même eu des courges, des courgettes, des poireaux, des betteraves, des haricots. On se baladait beaucoup en forêt, on partait tous les deux et on fabriquait des flèches avec des branches de noisetier et je lui apprenais à tailler une pointe fine à l'avant et une double encoche à l'arrière pour y glisser les plumes de buse, de corbeau ou de faucon crécerelle. Il en voulait toujours plus, des dizaines de flèches, de quoi remplir plusieurs carquois. Il poussait des cris d'Indien en tapant sur ses lèvres du bout de la main et me disait qu'il aimerait bien avoir un cheval mais qu'en même temps il avait peur des chevaux. Il s'imaginait qu'avec son arc et ses flèches il pourrait tuer un grizzli, et il me demandait si j'en avais déjà tué et je lui répondais qu'il n'y avait pas d'ours dans le Jura. Il me demandait si j'avais déjà attrapé des poissons à la main dans la rivière et j'hésitais à lui mentir, et finalement je lui disais que j'avais attrapé beaucoup de poissons dans ma vie mais jamais à la main, toujours à l'aide d'une canne à pêche.

Ça faisait des années que je n'avais plus pêché, la dernière fois c'était avec Titi. Je n'avais plus de nouvelles de lui et Odile. Je ne savais même pas s'ils étaient retournés vivre dans leur baraque au bord de la Bienne ou s'ils avaient quitté Saint-Claude, le Jura, la France, peut-être. Une fois, Jim a tiré trop fort sur la corde et le bois a pété. En rentrant on s'est enfermés tous les deux dans l'atelier et je lui en ai bricolé un nouveau en cinq minutes avec une baguette plate. Je trouvais toujours un peu flippant ce genre de moments, qui me rappelaient des choses de mon enfance avec mon père, des situations quasi identiques, où on se retrouvait entre mecs, à faire des trucs de mecs, dans une pièce réservée aux mecs. Pour chaque outil Jim me demandait s'il appartenait à Bernard, ce grand-père dont il entendait beaucoup parler mais qu'il n'avait pas connu, et je lui disais en désignant le tableau mural en contreplaqué sur lequel étaient suspendus les pinces et les tournevis qu'ici tout était à Bernard. Et maintenant, c'est à qui ? Maintenant c'est à tout le monde, c'est à Monique, à maman, à toi, à moi. Mais Monique et Flo n'y touchaient pas beaucoup. On avait beau avoir le souci, autant Flo que moi, de ne pas trop valoriser les codes masculins et de ne pas lui imposer des pratiques de petit mec, on avait beau l'encourager à s'autoriser à aimer la couleur rose ou tel film ou tel jouet traditionnellement destiné aux filles si c'était le cas pour lui, et j'insiste pour dire que je faisais ma part de boulot en la matière, eh bien je ne pouvais pas m'empêcher de camper ce personnage de père qui bricole, de père qui n'a peur de rien, de père un peu brutal parfois. Un jour qu'on ramassait des framboises sauvages au pied des épicéas dans la combe de Malatrait, on a déniché au milieu d'un massif un petit crapaud, je lui ai sauté dessus pour l'attraper et je l'ai balancé dans le seau parmi les fruits rouges. Puis il a fallu que je raconte l'anecdote du crapaud fumeur, une anecdote que j'ai fait passer pour un souvenir : on allumait une gauloise du père et on la coinçait dans la bouche de la bestiole, qui ne savait pas recracher la fumée et qui se mettait donc à gonfler à force de tirer sur la cigarette, et qui finissait par exploser. Jim m'a regardé avec de grands yeux et un sourire pincé et je savais très bien ce qu'il éprouvait, un mélange de dégoût et d'admiration pour son papa qui avait eu le cran d'exécuter ce geste horrible. Sauf que ce n'était pas vrai. De toute ma vie je n'avais jamais fait exploser le moindre crapaud. Je tenais cette histoire de quelqu'un qui me l'avait racontée quand j'étais petit, un ami de mes parents, et je l'avais cru, évidemment, et j'avais trouvé ça horrible et pourtant, à cause de cette histoire, j'ai toujours été un peu fasciné par ce type. Mais lui non plus ne l'avait sûrement jamais fait, lui aussi mentait pour m'en mettre plein la vue. Ah, on n'est pas chouettes, quand on y pense, à faire les malins pour impressionner des mômes de cinq ans.

J'ai fini par dire à Jim que ce n'était pas vrai, que ça n'existait pas les gens qui faisaient exploser les crapauds. C'était d'ailleurs ce que ma mère m'avait dit quand ce type était parti, mais sur le moment je ne l'avais pas crue.

Pour entendre des histoires authentiques et vraiment intéressantes à propos de la vie à la campagne, il valait mieux que Jim se tourne vers sa grand-mère, et il ne se privait pas de le faire. Dès qu'il rentrait de l'école il filait chez Monique, et le soir à table il nous interrogeait : est-ce que vous savez comment on distingue la sauterelle du criquet ? la vipère de la couleuvre ? le cône d'épicéa de la pomme de pin ? On essayait, on formulait toutes les hypothèses qui nous traversaient la tête, et on se trompait à tous les coups. Fallait admettre que pour ce qui touchait à la nature, on n'était pas très calés. Florence l'expliquait très bien. Quand j'étais petite mes parents faisaient tourner la ferme et ils ne voulaient pas que je les aide parce qu'ils avaient peur que ça me donne envie de devenir agricultrice plus tard, ils voulaient que je me concentre sur les apprentissages scolaires. À l'adolescence je ne m'intéressais qu'à des choses qui venaient de loin, des choses qui n'étaient pas ancrées dans le terroir : le cinéma, la musique, la défonce, les mecs, mais je n'en avais rien à foutre des musaraignes et de la laitue des Alpes. Quant à moi j'avais grandi dans un village, certes, mais un village qui touchait la ville. La dernière ferme avait cessé son activité peu de temps après ma naissance. On allait à Saint-Claude à pied. Mes parents bossaient à France Télécom.

Malgré son retour au bercail, Florence ne menait pas la même existence que ses parents. Elle était partie, avait connu autre chose que la ferme. Maintenant elle s'occupait de sa vieille mère pour l'accompagner dans ses dernières années de vie. Elle faisait preuve de beaucoup de tendresse et de compréhension à l'égard de Monique.

Elle acceptait tout, lui passait tout. Quand Monique lâchait une énième saloperie sur les Arabes ou plutôt sur les Turcs, elle la laissait dire. À Saint-Claude il y a une petite communauté turque, et c'est sur eux qu'on se défoule par ici, c'est à eux qu'on reproche de ne pas savoir se tenir en ville, d'être sales et bruyants, de se répandre sur les trottoirs avec leurs sandwichs baveux et de se garer n'importe où et n'importe comment. Mais Florence ne réagissait plus. Elle l'avait assez fait. Je ne vais pas m'acharner sur son compte en la traitant de vieille conne et en lui disant qu'elle ne mérite que de crever pour ça. La vie c'est pas un talk-show. Ma mère n'a jamais quitté son patelin, elle n'a que la télé et le journal local pour se tenir informée de ce qui se passe au-delà de ce territoire minuscule qui représente tout pour elle, elle est dépassée, elle n'est plus dans le coup.

T'es pas dans le coup, mamie.

Sauf qu'elle n'arrête pas d'ouvrir sa gueule pour autant. Elle refuse de démissionner tout à fait. Ce qui reviendrait à gommer la dernière chose qui la fait tenir à peu près debout, qui lui confère un semblant de dignité, c'est-à-dire sa fierté. Ce sentiment qui rend con tous ceux qui s'y abandonnent. Un sentiment primaire et infantile, ouais, infantile c'est bien ça, c'est ce que je remarque avec Jim, qui doit composer avec ce sentiment de fierté pour affronter le monde, le grand monde, sans quoi il s'effondrerait, il tomberait en miettes, parce qu'il n'est pas encore assez fort. Mais il a besoin d'apprendre. Il a besoin de faire sa propre expérience du monde. Et il la fera, j'espère bien qu'il aura l'occasion de la faire. Ce qui n'a pas été donné à ma mère. Laquelle a toujours été prisonnière de son petit monde.

Je ne lui cherche pas des excuses, c'est plutôt à

moi que j'en cherche, des excuses à mon silence, à mon absence de réaction. Je serais peut-être moins tolérante s'il s'agissait de la mère d'un autre, si je ne la connaissais pas, si ce n'était qu'une vieille grincheuse anonyme comme on en voit aux infos. Mais c'est ma mère. Finalement je suis comme le raciste qui déteste tous les Arabes sauf son voisin, moi je déteste tous les racistes sauf ma mère.

Avec Florence on ne parlait presque jamais de politique. Non pas de son fait mais du mien. J'ai toujours eu en horreur ces discussions d'adultes sur l'état de tel ou tel parti ou sur les alliances pour le deuxième tour, ah non, pitié, tout mais pas ça. Pourtant je votais, j'aimais bien aller voter, et j'aimais encore mieux le faire avec Jim. J'aimais entrer avec lui dans l'isoloir et lui montrer comment plier le bulletin pour le glisser dans l'enveloppe. Je lui expliquais le principe du vote blanc, je lui expliquais chaque étape du rituel, je voyais que ça le passionnait. C'était lui qui posait l'enveloppe dans la fente close de l'urne, et le moment que je préférais c'était quand le maire ou son suppléant déclinait à voix haute mon identité et ma date de naissance, j'avais l'impression de passer pour une star internationale aux yeux de mon fiston. En plus on me demandait dans la foulée un autographe. Jim savait désormais écrire son prénom et quelques autres mots. Sur le retour je lui expliquais le principe de la signature, et à la maison il essayait de s'en fabriquer une. Le soir on regardait les résultats sur la petite télé de la cuisine mais il n'y comprenait rien, ça ne l'intéressait pas, il était même capable de se lever de table en plein compte à rebours, à trois secondes du verdict. Jim, pousse-toi de là. Même si de toute façon on connaissait déjà le résultat. Il n'y avait jamais trop de suspense en vérité. Il partait jouer tout seul dans le salon et on suivait d'un œil de plus en plus distrait les débats tout en débarrassant et en remplissant le lave-vaisselle. Peu à peu l'ennui s'installait et on coupait la télé vers vingt heures trente. Jim se couchait un peu plus tard que d'habitude. Le lendemain je le déposais à l'école en partant au boulot.

Je continuais à alterner entre des missions d'intérim et quelques CDD courts, jamais de plus de trois ou quatre mois. L'avantage c'était que je pouvais relâcher quand je le voulais, si j'avais besoin de souffler un mois ou deux ce n'était pas du tout un problème, il suffisait que je l'annonce à l'agence et on me laissait tranquille jusqu'à ce que je rappelle. À côté de tous mes collègues éphémères, tous ces types qui passaient plusieurs dizaines d'années dans une même boîte, je n'étais pas à plaindre. Je n'ai jamais voulu d'un CDI, pour moi l'intérim a toujours été synonyme de liberté. On me demandait parfois si la précarité ne me pesait pas, et puis les boulots de merde, l'usine, tout ça. Après la séparation d'avec Jenny, oui, j'avais eu un peu de mal à m'y faire. Mais j'avais fini par capituler. Le mot est peut-être un peu fort. Disons que j'avais fini par m'adapter, par me conformer à ce mode de vie, par accepter que c'était ma manière à moi de gagner de quoi bouffer. Faut dire aussi que toutes les missions ne se valaient pas. Faut vraiment être un nanti pour s'imaginer que l'usine c'est forcément l'enfer. Et comment ils font, alors, tous ceux qui signent pour quarante ans ?

Il y a une boîte où je suis resté un peu plus longtemps, c'est chez Perma-Serap. J'ai commencé par un mois d'intérim puis enchaîné avec un CDD de six mois. Jusqu'à la fin j'ai bossé sur les trois mêmes presses d'injection thermoplastique, un procédé de moulage qui permettait de fabriquer des pièces en petite quantité. On sortait surtout des prototypes, des objets destinés à être testés avant commercialisation. Je faisais les deux huit, c'est-à-dire que j'alternais une semaine sur deux entre les horaires du matin, cinq heures-treize heures, et de l'après-midi, treize heures-vingt et une heures. Un jour où j'étais de l'après-midi, et que je suis arrivé à la maison un peu avant vingt-deux heures, il y avait un type dans le salon, un type que je n'avais jamais vu. J'ai tout de suite perçu une tension, j'ai senti que ce n'était pas un type banal, genre un ancien copain de classe ou un cousin lointain dont Florence m'avait à peine parlé. Il avait tellement une sale dégaine et une sale tronche que j'ai pensé à son tailleur de pierre. Je me suis dit, c'est lui, c'est le premier amour qui resurgit. Flo avait une tête de trois kilomètres de long, elle m'a invité à m'asseoir et je me suis posé dans mon petit fauteuil en gardant le sourire, en jouant le mec parfaitement décontracté après ses huit heures de boulot. Au centre de la table basse il y avait deux bouteilles de vin, dont l'une était vide. Aymeric, je te présente Christophe. Christophe… Ah, merde, Christophe… Ce n'était donc pas le tailleur de pierre. Elle a pris une grande inspiration et toujours avec la même gueule d'enterrement, elle m'a annoncé ce qu'il venait de lui apprendre : six mois plus tôt, Christophe avait perdu sa femme et leurs deux enfants dans un accident de la route.

9

Sa peau était grise, ce n'était pas exagéré de le dire. Il parlait en marmonnant et je ne voulais pas le forcer à revenir sur cet événement traumatisant mais il tenait à tout me raconter, et à me donner les détails de l'accident, qui s'était produit sur la route de Besançon entre Poligny et Arbois, une voiture qui tirait une caravane s'était déportée à cause d'une autre voiture qui tournait à droite mais qui n'avait pas mis son clignotant, et sa femme et ses gosses qui se rendaient chez les grands-parents étaient arrivés lancés et s'étaient encastrés dans la caravane, et les passagers des deux autres voitures s'en étaient sortis indemnes mais la voiture de sa femme avait été réduite en bouillie et il n'y avait rien eu à faire quand les secours étaient arrivés, ils étaient morts tous les trois sur le coup. Christophe s'en voulait de ne pas avoir été avec eux dans la voiture, il s'en voulait d'être toujours en vie. Il était sous cachetons depuis six mois et heureusement il était bien entouré, mais il n'y arrivait pas, il ne pouvait pas vivre sans eux, c'était trop dur. Il y pensait tout le temps, à chaque seconde, il ne dormait plus, tout le ramenait à ça, même ses propres mains le ramenaient à Marion et Juliette et Léo, qu'il ne pourrait plus jamais serrer contre lui, qu'il ne pourrait plus jamais caresser ni embrasser. Le pire c'est que je me suis mis à pleurer en face de lui, alors que lui ne pleurait même pas. Je m'en suis aussitôt excusé, et il avait l'air de s'en foutre, il avait sûrement l'habitude. Florence aussi avait les yeux rougis mais moi c'était carrément des larmes qui inondaient mon visage. Parce que je me projetais, évidemment, je me mettais à sa place. Parce que son histoire était d'une tristesse totale. Mais aussi parce que je suis comme ça, j'ai toujours eu les yeux qui s'humidifient et les paupières qui rougissent en moins de deux. Comme un type qui pique un fard et qui tremble et qui a le cœur qui s'emballe quand il prend la parole en public — ce qui est d'ailleurs également mon cas. Je me rappelle une fois où on avait arrosé le départ d'un jeune qui avait trouvé mieux ailleurs, c'était dans une petite usine, et un autre employé, un vieux con qui m'avait fait chier pendant toute la mission, avait levé son verre et avait simplement lâché en regardant son futur ex-collègue : bon ben, je n'ai pas toujours été facile mais sache que j'ai aimé travailler avec toi. C'était vraiment trois fois rien son discours, mais j'avais été touché, parce que je ne m'y attendais pas, et encore moins de la part de ce type, j'avais été touché par l'intention, par le geste, et j'avais dû contracter mes orteils au bout de mes pompes de sécurité et me mordre l'intérieur des lèvres pour ne pas craquer devant eux, et dès que j'avais retrouvé ma voiture sur le parking de l'usine je m'étais effondré. Face à Christophe j'essayais de me reprendre, je me pinçais de toutes mes forces et je le fixais droit dans les yeux et je m'évadais dans mes pensées, je me resservais un verre de vin et j'en profitais pour remplir les leurs. Il a passé la nuit à la maison parce qu'on avait tous trop bu et qu'il était trop tard pour le raccompagner. Il était venu en taxi parce qu'il refusait de conduire depuis le drame, il n'y arrivait plus, il paniquait en voyant la route défiler devant lui, il ne pouvait plus s'installer sur le siège passager, il se mettait à l'arrière et il fermait les yeux. Le lendemain matin il a croisé Jim et il ne lui a même pas lancé un regard. Dans un sens, ça m'a rassuré.

Il est revenu nous voir plusieurs fois au cours des semaines suivantes et je n'étais jamais au courant de ses visites. Je rentrais du boulot, il était là, dans la cuisine enfumée, en tête à tête avec Florence. Elle m'expliquait que ça lui faisait du bien de parler avec des gens qui n'avaient pas connu sa femme et ses enfants, mais des gens qui n'étaient pas totalement nouveaux non plus. Il n'était jamais question de Jim ; il ne cherchait jamais à savoir quoi que ce soit ; il ne lui adressait presque pas la parole.

On n'avait pourtant pas besoin de ça, mais

le retour de Christophe me poussait à être encore plus présent avec lui. L'instinct du père adoptif, on va dire. Jusqu'ici je ne connaissais rien au foot. Jim adorait ça. Quand j'avais son âge je faisais du judo mais j'avais vite arrêté, et ensuite j'avais joué pendant quelques années au basket, mais dès le collège je ne pratiquais plus aucune activité sportive. Je me suis mis au foot. On s'est mis à jouer ensemble. Mais Jim trouvait ça moins bien qu'avec ses copains de l'école et on a fini par lui acheter un short et des chaussettes montantes et par l'inscrire au club de La Pesse. La saison footballistique étant très courte ici — de novembre à avril la neige rendait les terrains impraticables et il n'existait pas de gymnase où se replier —, Jim nous demandait d'inviter ses coéquipiers et ils s'enfermaient dans le garage, le ballon cognait contre la porte en tôle et ça faisait trembler toute la baraque. Il avait l'air de plutôt bien se débrouiller, et quand je l'accompagnais sur ces tournois qu'on appelait des plateaux l'entraîneur et les parents des autres tenaient tous à me dire qu'il avait du potentiel et que je devrais peut-être l'inscrire à Saint-Claude. Mais Florence voulait attendre un peu, l'important c'était qu'il s'amuse et qu'il s'aguerrisse. Ça, pour s'amuser, il n'y avait pas de problème. C'était clairement un enfant joyeux, un enfant dynamique, un enfant bien dans ses pompes, et je veux bien croire que le bon air du Haut-Jura y était pour quelque chose comme nous l'assénait Monique, mais on avait peut-être nous aussi notre petite part de responsabilité là-dedans, non ? C'est vrai qu'on ne s'interdisait pas de vivre à cause de lui, il nous suivait partout, et peut-être qu'il nous arrivait même d'abuser un peu, quand on l'emmenait dans des festivals de musique ou dans les bals en été, mais on se disait que c'était sûrement la meilleure manière d'en faire un gamin épanoui. Ah, on avait de la chance, oui, on était fiers de lui et de nous, et c'était peut-être pour ça qu'on le trimballait toujours avec nous, pour qu'on nous félicite et qu'on nous envie, pour qu'on nous dise à quel point on avait raison de lui faire bénéficier de ce genre d'expérience malgré son jeune âge et qu'on nous raconte le cas d'un voisin ou d'un cousin ou d'un frère ou d'un ami dont les gamins passaient leurs journées devant des dessins animés abrutissants et qu'on prenne un air dépité et que notre interlocuteur soit tellement fier d'être compris et de rencontrer des personnes avec qui il se trouve sur la même longueur d'onde et que pour la peine il nous paye un coup à tous les deux et même à tous les trois, tu veux boire quoi, Jim ?, et qu'après avoir réglé sa commande, en me tendant mon demi-litre de bière, il me regarde fixement et s'exclame : c'est fou comme il te ressemble, ton fils. Mais ce n'était pas si bête comme remarque. Jim avait beau ne pas être mon fils de sang, je lui avais forcément transmis des attitudes, des traits de caractère, le genre de choses qu'on donne sans s'en rendre compte et sans le vouloir, et puis qu'on finit par avoir du mal à tolérer chez eux, c'est ça le pire. Il y a toujours un moment où on leur en veut d'être ces miroirs miniatures sur pattes. Mais on leur en veut aussi de ne pas nous ressembler totalement, de ne pas être des clones parfaits, d'avoir en plus de ça leur putain de personnalité à eux.

Très peu de gens autour de nous savaient qu'il n'était pas mon fils. Il faut dire aussi que je voyais de moins en moins mes potes de Saint-Claude, ceux qui m'avaient connu avant. Avec Flo on avait noué pas mal de nouvelles relations sur place, comme ce couple de Lyonnais qui possédait une résidence secondaire à la Tissote, un lieu-dit voisin. Jim et Charlotte, leur fille unique, s'aimaient beaucoup. Il leur fallait toujours cinq minutes pour briser la glace, et c'était normal après deux ou trois mois sans se voir, mais ensuite on ne pouvait plus les arrêter, on les entendait crier et cavaler à l'étage, ils retournaient la chambre de Jim, ils jouaient aux espions, aux aventuriers, à la maîtresse, au papa et à la maman, et ils finissaient par sombrer à minuit passé devant un DVD. En bas on se faisait des tartiflettes, des omelettes aux chanterelles et aux pieds-de-mouton, du gibier en sauce offert par des amis de Monique. Ça doit vous changer des quenelles, non ? J'avais quelques repères à Lyon étant donné que ma sœur y habitait. Aurélie avait eu un premier appartement vers le stade de foot, le stade de Gerland, oui, c'est ça, avant de déménager à Villeurbanne.

Eux, ils étaient à la Croix-Rousse, et ils avaient toujours l'air de s'en excuser, comme si c'était le pire quartier au monde. Un jour ils nous ont avoué que la Croix-Rousse avait la réputation de n'abriter que des bobos et j'ai compris qu'ils avaient peur qu'on les prenne pour des bobos. C'était il y a quelques années et à l'époque, des bobos, je crois que je n'en avais encore jamais vu. Je savais à peine ce que c'était. Je connaissais le terme, mais c'était une insulte beaucoup moins répandue qu'aujourd'hui, où on l'utilise même à la campagne.

N'empêche qu'entre les Lyonnais, la bande autour de Cécile, les fréquentations de Monique et les nouveaux collègues de Flo, on se faisait des week-ends bien animés à la maison. J'ai même invité Romuald, mon coloc de Varennes.

Maintenant j'étais plus tranquille avec cet épisode de ma vie. J'acceptais d'en parler, et il m'arrivait de m'en servir un peu histoire de faire le malin. Je voyais bien que ça impressionnait. Ah, il n'a pas l'air comme ça mais il a du vécu, le petit Aymeric. Il a fait de sacrées conneries dans sa jeunesse. Du moment où les gens étaient au courant, ils ne me considéraient plus de la même façon. Mon côté gentil pouvait même être interprété comme une conséquence de mes dérapages d'antan. De type discret, je devenais un type abîmé, un type qui a morflé, un type marqué par la vie. Et tout à coup, on semblait mieux comprendre ce que Florence faisait avec moi.

Et puis dans mon genre, j'étais moins inquiétant

que Christophe. Nos amis savaient ce qui lui était arrivé. Ça ne suscitait pas les mêmes réactions que mon passage en prison. Ça n'inspirait pas la même attitude. Ça glaçait tout le monde. Ça imposait forcément une sorte de gêne dans le rapport, et une forme de respect à notre égard, aussi. On avait un pote que la vie n'avait pas seulement marqué mais qu'elle avait carrément décimé.

10

Hormis la bande autour de Cécile, les autres ne savaient pas qui était Christophe par rapport à Jim. Même à Monique on n'avait rien dit. On estimait qu'elle avait assez de son genou pour se tourmenter. Les infiltrations n'agissaient pas sur la durée et il a été décidé de lui poser une prothèse. Heureusement que sa fille travaillait à l'hôpital, sans quoi elle se serait enfermée chez elle à double tour pour se laisser dépérir tout en souffrant le martyre. L'idée d'aller passer une semaine dans cet endroit inhumain la terrorisait ; l'idée de quitter sa maison surtout, la peur de ne jamais y revenir, de partir pour de bon, de mourir ailleurs, comme ça avait été le cas de Bernard, qu'elle avait accompagné à la fin de sa maladie, mais elle était rentrée tous les soirs à Bellecombe. Elle n'avait presque jamais dormi ailleurs que chez elle. Elle n'avait plus subi la moindre intervention chirurgicale depuis son coup de fusil dans le pied à vingt ans. Alors il lui fallait au moins ça, au moins sa fille sur place, pour qu'elle accepte l'opération. Elle a enchaîné avec six semaines de rééducation à raison d'un rendez-vous par jour chez le kiné, on se relayait avec Florence en fonction de nos horaires, parfois Monique aussi utilisait le taxi, on n'en avait jamais vu autant aux Trois Cheminées.

Quand Florence travaillait de jour elle en profitait pour remonter Christophe, qui passait de plus en plus de temps à la maison, il dormait dans la chambre d'amis. Quand je rentrais du boulot j'étais toujours seul dans la voiture et j'en profitais pour téléphoner à ma sœur. Je modifiais mon trajet pour ne pas traverser de zones sans réseau, je n'empruntais plus les lacets de Septmoncel mais la route des Bouchoux et souvent je m'arrêtais à La Pesse et me garais sur le petit parking au pied de l'unique remontée mécanique pour terminer tranquillement la conversation. Avec Christophe j'essayais de me comporter de la manière la plus douce et détendue possible, je ne montrais rien, je faisais comme si sa présence ne me dérangeait pas, comme si tout était normal. C'est ce que ma sœur m'aidait à assumer, que ça n'allait pas, tout ça. Oui, c'était un ami à qui on rendait service, un ami abattu, accablé, terrassé, qui ne bossait plus, qui ne dormait que deux heures par nuit malgré l'alcool et les cachetons, et c'était tout à l'honneur de Florence, et à notre honneur à tous les deux, d'être là pour lui, de le soutenir dans cette épreuve, mais ça allait durer combien de temps, encore ? Je n'avais jamais vécu une présence aussi pesante.

Depuis qu'il était là je me promenais avec un rocher en lévitation à dix centimètres au-dessus de la tête qui menaçait de lâcher à tout moment. Le rocher grossissait de jour en jour. Chaque échange, chaque situation partagée, chacune des remarques de Christophe augmentait son poids. Comme la fois où j'ai acheté à Jim une boule de chewing-gum qui colore la langue en vert et que Christophe était avec nous et qu'il a critiqué mon initiative en avançant que ces trucs sont pleins de colorants. Alors je lui ai opposé tous les coups où Jim, quand il était petit, avait bouffé ses feutres en aspirant l'encre jusqu'à rendre la mine quasi blanche. Christophe s'est obstiné. C'est pas une raison pour l'empoisonner volontairement, du moins sciemment.

L'empoisonner ? Non mais de quoi il se mêle, lui.

J'ai fini par en parler à Florence. Elle m'a répondu qu'elle voulait lui faire une place, qu'elle voulait l'aider. Elle avait bien conscience que c'était dur pour moi mais elle ne se voyait pas lui refuser ce droit, cette possibilité, enfin, de faire connaissance avec son… fils…

Avec son fils ?

Oui, bon, avec Jim.

Donc avec *mon* fils.

Ton fils. Notre fils, oui.

Tu dis notre fils, mais tu considères que c'est notre fils à tous les deux ou à tous les trois ?

À tous les deux, oh. Mais bon, sans Christophe, Jim ne serait pas là…

Ce n'est pas son fils pour autant. Jim, c'est pas une roue de secours. C'est pas un enfant de rechange. Ça se passe pas comme ça. On ne sème pas des petites graines par-ci par-là en se disant : au cas où il arrive quelque chose aux officiels, je pourrai toujours me rabattre sur les autres...

Arrête, Aymeric, ne sois pas bête. Il est tellement malheureux, la situation est terrible pour lui...

Donc tu me demandes de partager, de lui donner un peu de ma paternité...

C'est pas ça... C'est pas du tout en ces termes qu'on envisage les choses...

Parce que vous en parlez ensemble ?

Mais non... Enfin, on n'en parle pas comme ça. Je ne sais pas ce qu'il veut. Lui-même ne sait pas ce qu'il veut. Et moi non plus je ne sais pas ce que je veux. Je propose juste d'essayer d'inventer une manière de lui faire une place auprès de Jim, parce que je crois qu'il en a envie. Mais là encore je n'en suis pas sûre. Et lui non plus n'en est pas sûr. Il n'est pas sûr d'en avoir envie mais il voudrait au moins essayer. Il tâtonne, il est perdu. Il vit un truc de fou et on essaie de faire avec. Mais il n'y a pas de plan machiavélique. On essaie de s'adapter. Moi j'aimerais bien qu'on lui permette de faire sa connaissance, de se présenter à lui...

De lui dire la vérité ?

Je ne sais pas. Pas forcément. Pas tout de suite.

Je me demandais vraiment dans quoi on s'embarquait. Je n'étais pas son père, on n'avait jamais fait les démarches pour que je le devienne, et c'était moi qui ne voulais pas. J'avais peur que ça modifie notre rapport, comme si ça m'aurait transformé en une personne plus sérieuse, plus autoritaire, et lui en un gamin soumis à ma droiture. Mais j'aurais peut-être dû le faire.

Est-ce qu'ennobli par ce statut officiel je me serais permis de foutre Christophe à la porte ? Est-ce qu'en tant que père homologué je me serais senti plus fort, plus puissant ? Évidemment que non.

On a essayé. On a essayé de vivre tous les quatre sous le même toit, même si Christophe retournait de temps en temps chez lui à Oyonnax. On y allait prudemment, on avançait à tâtons, comme disait Flo, même si parfois j'avais l'impression qu'on évoluait carrément les yeux bandés. Les yeux bandés et la bouche cousue. Florence n'était pas plus sereine que moi, elle était même tellement tendue qu'elle a fini par régler son compte à cette pauvre Cécile. Justement à cause de ce qu'on vivait, de ce qu'on essayait de vivre. C'était tellement expérimental, tellement fragile, que la moindre contradiction provoquait des réactions explosives. Et c'est ce qui s'est passé avec Cécile. Florence l'a proprement massacrée. Parce que Cécile a osé donner son avis. Cécile n'y croyait pas, mais alors pas une seconde. Florence lui a demandé de se taire et de nous laisser faire. Cécile a ricané, et

Florence n'a pas supporté. Et là, tout est sorti, des années de reproches ravalés sont remontées à la surface. Toi et moi on n'a jamais rien eu en commun. En fait t'es une mamie, t'as toujours été une mamie. Au début tu prétendais me comprendre, tu disais être comme moi, pour tout ce que j'exprimais tu disais mais moi c'est pareil, moi c'est tout pareil que toi, alors que t'es tout le contraire. Non mais tu t'es regardée ? T'as regardé ta vie ? Même ma mère est cent fois plus dévergondée que toi. T'es la femme la plus rangée que je connaisse. Tes deux gamins tu les habilles comme des petits garçons modèles. Tu fais le ménage trois fois par semaine. Avec Bruno vous avez investi dans un poêle à granulés parce que le bois ça fait trop de poussière. Mais vous êtes cinglés, les cocos. Qu'est-ce qu'on en a à foutre de la poussière. Vous avez peur de la poussière, mais vous êtes dingues. Vous avez failli acheter une maison dans un patelin où la route est maculée de bouses de vache à cause de la ferme de derrière et vous avez refusé parce que vous n'aviez pas envie de salir les pneus de votre 4 × 4, mais vous êtes complètement timbrés. Vous vous rappelez quand j'ai perdu mon pare-chocs ? J'avais accroché une bitte de trottoir en ville et, oui, après ça j'ai roulé pendant trois mois sans pare-chocs. *Ça fait sale, ça fait négligé… Flo, faudrait quand même que tu penses à réparer ton pare-chocs, là ça fait franchement crado…* T'en étais limite à dire que ça faisait manouche. Au moins, chez toi, c'est sûr que c'est propre. Chez toi ça sent toujours le musc minéral ou je ne sais pas trop quelle merdouille de parfum d'intérieur de mes deux. Et puis surtout chez toi on est toujours tellement bien accueillis. Oh, ça c'est important. C'est même le plus important. On n'a rien à se dire d'intéressant, rien de personnel, rien de vrai, on se fait chier pendant toute la soirée, mais au moins on a été bien accueillis. Avec le sourire, dans une maison cosy, où tout est bien rangé. Et puis on s'est régalés, miam-miam, t'es un vrai petit cordon-bleu. Ah bon, c'est Bruno qui a cuisiné ? Mais vous êtes un couple moderne, mais c'est formidable, ça. Oh là là, il est tellement parfait, ce Bruno. Parfait au point que… Allez, oui, tant qu'on y est… Ça va te rassurer, tu vas voir. Figure-toi qu'au début, c'était quoi, il y a dix ans à peu près, quand on s'est rencontrées toi et moi, eh bien ton Bruno je le trouvais pas mal. Donc j'ai essayé, bah ouais, je suis comme ça, moi, j'aime bien essayer. Mais contrairement à Christophe, ton Bruno n'a pas cédé à mes avances, il n'a pas voulu de moi. Tu te rends compte, tu sors avec le mec idéal. Il a une grosse voiture qui brille, il fait la cuisine et il est même fidèle. Tu vis dans un rêve, ma Cécile, le rêve de toute bonne dame qui se respecte.

Il va sans dire qu'on n'a plus jamais revu Cécile après ce jour-là. Christophe et moi on était là, on a assisté au carnage, et on a bien rigolé, au moins. Oui, c'était cruel, c'était sans doute excessif, mais ça a aidé à resserrer les liens entre nous, entre nous trois, oh, pendant quelque temps, quelques jours, quelques heures.

Il y avait des petits moments comme ceux-là, de cohésion, pourrait-on dire, il y avait de courtes périodes où on avait la sensation qu'une entente pouvait s'imaginer, qu'une relation pouvait s'inventer. C'est ce que permettait aussi le foot.

On a fini par suivre les recommandations de l'entraîneur de La Pesse et on a inscrit Jim au club de Vaux-lès-Saint-Claude. Il avait encore l'âge de jouer en débutants mais il a tout de suite été surclassé en poussins. Il était toujours aussi technique ; un commentaire qui revenait sans cesse pour qualifier ses prestations : c'est un artiste. C'était tout le contraire d'un joueur physique et brutal, il se démarquait par sa conduite de balle, sa qualité de dribble et sa vivacité. Il jouait attaquant mais courait partout pour récupérer le ballon, après quoi il slalomait entre ses adversaires comme sur une piste de ski et s'en allait marquer un nouveau but. Faut dire quand même que l'opposition n'était pas toujours au niveau, les tournois réunissaient des équipes de villages où les gamins n'étaient pas tous aussi motivés que lui. Pour lui, c'était un truc de malade, ça virait à l'obsession. Il jouait tout le temps et partout, même dans la neige, même le matin de Noël il nous a entraînés dehors pour roder ses nouveaux protège-tibias et improviser un petit match. On était quatre, et on a fait deux équipes de deux. Pour qu'il n'y ait pas de jaloux, on a créé un système d'équipes tournantes, où on changeait de partenaire à chaque but. Mais je n'aimais pas faire équipe avec Jim, parce que si je ratais une passe ou si j'interceptais mal un ballon qu'il m'adressait, je voyais sur son visage un air de déception. Je préférais réussir à marquer un but contre son équipe, surtout si au préalable j'avais évité une charge de Christophe, je préférais le dominer plutôt que le dépiter.

C'est devenu une habitude, ces matchs en famille. Dès qu'on était tous ensemble à la maison on sortait taper le ballon. L'enjeu n'était jamais la victoire mais toujours la séduction, et Jim n'était pas le seul joueur convoité, il y avait aussi Florence. C'était surtout auprès d'elle que Christophe devait faire effet. Prouver qu'il était capable de légèreté malgré tout, d'être dans la vie, de s'amuser, de courir et de se rouler dans la neige ou dans l'herbe. Prouver que sa présence était supportable, qu'elle était envisageable pour nous tous. Prouver que l'envie était bien là, qu'elle était réelle, qu'elle était saine. À l'en croire, l'expérience portait ses fruits. Ça lui faisait du bien. Il ne pouvait pas nous garantir plus que ça mais c'était déjà énorme, disait-il. Ça lui faisait du bien d'être avec Jim, même s'il avait encore du mal à entrer vraiment en relation avec lui, ça lui mettait le sourire, ça réveillait quelque chose au fond de lui, ça ravivait une petite flamme.

Jim n'avait pas beaucoup de considération pour Christophe, il continuait à le voir comme l'ami étrange de ses parents. Il était au courant du drame qui l'avait frappé et il avait souvent pour lui des regards apitoyés. Il n'était jamais très emballé quand on lui annonçait que ce soir ce serait Christophe qui viendrait le chercher à l'école, il préférait quand c'était un de nous deux.

Je me demande encore comment j'ai fait pour tenir aussi longtemps. Parce que ça a duré plus de six mois, cette histoire. Christophe ne nous lâchait plus. Il s'était remis à conduire un peu, mais il n'allait jamais plus loin que le village voisin. Il avait besoin de nous pour se mettre en action. Il nous accompagnait à Colruyt et aux tournois de foot. Il passait ses journées à nous attendre à la maison, pour qu'on l'emmène s'aérer. Il avait pris la place du chien.

Un dimanche après-midi on est partis à pied pour une balade d'une quinzaine de kilomètres en passant d'une combe à l'autre, on a ramassé des framboises sauvages et des fraises des bois, on a croisé des chiens de traîneau qui tiraient des espèces de pulkas à roulettes pour garder la condition en attendant l'hiver et même un groupe de scouts avec leurs foulards autour du cou qui braillaient sur l'air de la chanson des Sept Nains : Heigh-ho, heigh-ho, on rentre du McDo. Jim se sentait d'attaque pour escalader le crêt de Chalam, il nous assurait en avoir largement les forces, mais Christophe, lui, était à plat. Alors on ne l'a pas fait. C'est lui qu'on a écouté. On s'est contentés du crêt au Merle, moins haut et plus accessible. Jim, Flo et moi on est montés d'un bon pas jusqu'au sommet, marqué par un grand bâton planté dans un tas de pierres, non pas un cairn mais vraiment un gros tas de cailloux, et quand Christophe nous a enfin rejoints il a poussé un cri énorme. Je me suis rendu compte qu'il avait les joues trempées. Ah, ce que c'est bon, c'est ça la liberté. Il écartait les bras comme un demeuré. Il avait l'air un peu étourdi. Il regardait le ciel, regardait le crêt de la Neige et le Reculet en face de nous, regardait en direction de la maison, vers le nord, et se tournait encore pour faire face au crêt de Chalam, plein sud. En contrebas on pouvait voir une trentaine de montbéliardes qui broutaient autour d'une vieille ferme. Puis il s'est approché de Jim, lui a posé une main sur l'épaule. Ah, mon gamin. Ah, je suis content que tu sois là, toi.

J'ai pété un plomb.

11

Je suis parti. Je les ai laissés en plan et j'ai tracé tout droit dans la pente. *Mon gamin*... J'ai regagné le col et j'ai retrouvé le chemin blanc, je me suis engagé dans la forêt et moins d'une demi-heure plus tard j'étais à la maison. Je n'avais jamais marché aussi vite. Monique était assise dans son vieux fauteuil et j'ai vidé mon sac. J'ai appris qu'elle savait pour Christophe, depuis quelques semaines seulement. Elle tremblait en m'écoutant et je tremblais sûrement deux fois plus qu'elle, et puis j'étais essoufflé, désarticulé, désordonné, mais ce que je disais avait l'air compréhensible, en tout cas Monique acquiesçait, elle secouait la tête, à tout ce que je disais elle répétait mais bien sûr, mais bien sûr, et elle essayait de m'attraper les mains et je ne cessais de me défiler. Je ne m'interrompais que pour retenir un sanglot ou plutôt pour le contrer, quand je m'aventurais sur un terrain sensible, quand je mentionnais Jim et ce qu'il représentait pour moi. Mais putain, si tu savais comme je l'aime, ce môme.

Je ne voulais pas craquer, je ne voulais pas me calmer, je ne voulais pas m'asseoir sur le tabouret en bois en face d'elle, je voulais juste que tout ça se finisse, je n'en pouvais plus de cette crispation permanente, de ces rapports bidon, de ces faux sourires, de ces fausses attentions, de ces fausses paroles, de cette fausse bienveillance. Tout était faux entre nous, tout était devenu fake, comme on dit aujourd'hui, tout était devenu forcé et artificiel, cette histoire reposait sur un grand mensonge et ça ne pouvait plus durer, fallait que ça explose, fallait qu'il se passe quelque chose. J'étais toujours dans la même énergie quand ils sont arrivés et j'ai fait de mon mieux pour que l'annonce, la si importante et si terrible annonce, ne s'accomplisse pas trop brutalement pour Jim. Ce n'était pas le meilleur moment, pas la manière la plus appropriée, mais j'étais dans un tel état de tension qu'il ne pouvait pas en être autrement. Je lui ai dit que je n'étais pas son vrai père, je lui ai dit que ce n'était pas moi qui avais mis la graine, puisqu'on en était encore là en ce qui concernait la question, et oui, ça rendait l'annonce un peu ridicule. Et puis j'ai fini par lui dire que c'était lui, là, que c'était Christophe le vrai père.

Florence et Christophe se retrouvaient pris de court et ils me laissaient me dépatouiller avec ça. Quant à Jim je n'étais même pas sûr qu'il avait bien entendu. J'apprendrais quelques heures plus tard qu'ils avaient très peu commenté mon coup de sang au sommet du crêt au Merle, que pour rassurer Jim ils avaient mis ça sur le compte de problèmes au travail, qu'ils avaient donc évacué la chose et qu'ils avaient repris la balade comme si de rien n'était. Alors Jim n'y était pas préparé, il ne s'attendait pas un instant à ce qui allait lui tomber sur la gueule, et ça n'a pas dû l'aider à comprendre mon énervement. Il ne m'avait jamais vu dans un tel état, son gentil papa si prévenant qui d'un seul coup se transformait en boule de nerfs pour lui cracher à la figure qu'il n'était pas celui qu'il croyait, avec en plus de ça quinze bornes de marche dans les guiboles, non, il ne se trouvait pas dans les meilleures dispositions pour accueillir une telle nouvelle. Florence s'est imposée pour rétablir une forme d'apaisement, si on peut dire. Jim est rentré se doucher et on a mangé tous ensemble chez Monique ce soir-là, et c'est seulement à la fin du repas qu'on est revenus sur l'affaire. Cette fois c'est Flo qui a causé. Elle l'a fait beaucoup mieux que moi, comme si elle avait répété son texte pendant des mois. Elle a commencé par sa vie à elle, sa première histoire avec son tailleur de pierre, son retour dans le Jura, sa rencontre avec Christophe, jusqu'à sa grossesse. Puis notre rencontre à nous et ses premières années de vie à lui. Elle a insisté sur le fait que j'étais là depuis le début, que j'avais toujours été là. Et elle a relié les deux histoires, d'un côté celle de Christophe et de l'autre celle qui nous réunissait tous les trois, en évoquant la mort de Marion et des deux enfants. Là, Christophe a demandé à Jim s'il comprenait ce que sa mère venait de lui expliquer et Jim a acquiescé d'un hochement de tête et on n'a rien dit pendant un moment au cas où il aurait envie de s'exprimer, et il a fini par lâcher que finalement non, il ne comprenait pas. Alors Florence a recommencé, elle a fait des phrases encore plus simples, elle a répété que son vrai père ce n'était pas moi mais Christophe, mais que Christophe avait une autre famille, d'autres enfants, et qu'il avait refusé d'assumer ce rôle de père auprès de lui. Et comme Aymeric est entré dans ma vie quand j'étais encore enceinte de toi, c'est lui qui est devenu ton père.

Mais aujourd'hui, c'est qui mon père ?

Et on a eu bien du mal à lui répondre.

Je parlais très peu ce soir-là, je n'étais pas capable de le faire autrement que dans le désordre et la précipitation, alors je me retenais de trop intervenir. Christophe s'est mis à bafouiller, écoute, c'est un peu compliqué, et Florence s'est imposée pour dire que si on considère que le père est celui qui met la graine, alors c'est Christophe, et que si on considère que le père est celui qui élève l'enfant, alors c'est Aymeric. Monique n'était pas convaincue par la façon dont on s'y prenait, elle marmonnait qu'on était en train de l'embrouiller et qu'on allait le rendre fou, ce gamin. Mais Florence essayait au contraire d'être le plus honnête et le plus claire possible. C'était le moment ou jamais de mettre les choses à plat.

Mais pourquoi vous me l'avez pas dit plus tôt ?

Tout simplement parce qu'il n'était pas prévu que l'on se connaisse, toi et moi, a fait Christophe. Normalement je n'aurais jamais dû réapparaître.

Et Florence a ajouté qu'on avait l'intention de lui en parler un jour, bien sûr, mais qu'on voulait attendre qu'il soit en mesure d'intégrer l'idée que les aléas de l'existence provoquent parfois des configurations un peu saugrenues, mais que le plus important c'est ce qui est vécu. Voilà, c'est ça qu'on essaie de t'expliquer. On s'est adaptés à la situation, et aujourd'hui c'est encore ce qu'on essaie de faire. Au début Christophe n'était pas là, alors il n'y avait aucune raison qu'on te parle de lui. Aujourd'hui Christophe est là, alors on te dit ce qu'il en est.

Jim était contrarié en allant se coucher, ça se comprenait. Il avait l'air de nous en vouloir, comme si on l'avait privé de foot ou de télé. Je suis monté pour lui dire bonne nuit et j'ai voulu tenter une sorte de conclusion mais il m'a tout de suite interrompu, arrêtez de me parler, c'est bon, laisse-moi tranquille. Le lendemain c'est Flo qui l'a posé à l'école en partant bosser. J'étais du matin et à mon retour, en début d'après-midi, comme d'habitude j'ai trouvé Christophe avachi dans le canapé. Ce type était pleinement dans ma vie. Mais je ne l'avais pas choisi, lui. J'ai commencé à me préparer à manger, et sa présence me bloquait, je n'arrivais pas à me concentrer et je faisais n'importe quoi. Je suis resté enfermé plus de deux heures dans la cuisine. Quand je suis ressorti, il était parti, en laissant un mot : il avait pris la Twingo de Monique pour aller passer quelques jours chez lui.

Florence s'en voulait de ne pas avoir su anticiper la situation et elle se disait que c'était de sa faute, qu'elle aurait dû trancher, qu'elle aurait dû faire un choix et poser les choses plus tôt. Elle comprenait que ça devienne insupportable pour moi, elle comprenait que je me sente rejeté et ce n'était pas du tout son souhait, elle m'assurait qu'elle n'avait pas agi de la sorte par manque de respect, elle avait peur que je le prenne comme ça, elle en faisait des tonnes pour me dire à quel point elle savait ce qu'elle me devait, et ce que Jim lui aussi me devait, mais elle s'enfonçait dans ce baratin inutile et ça me prenait la tête, je n'en avais rien à foutre de tout ça, je ne demandais pas à être congratulé ou récompensé pour mon œuvre de père de substitution, ce n'était pas ça le problème. Oui mais elle tenait quand même à me le dire, elle ne me l'avait jamais dit comme ça et elle tenait à ce que je l'entende, à ce que je le sache. O.K., bon, maintenant la suite. Je voulais que ça bouge, moi. Je voulais que ça avance.

On avait essayé, très bien, on avait essayé d'inventer une manière de vivre ensemble, tous les quatre, en faisant une place à la maman et aux deux papas, et c'était plutôt une belle idée, c'était sans doute la manière la plus intelligente de s'y prendre, mais il fallait se rendre à l'évidence que ça ne marchait pas. Je suis désolé,

Florence, mais je n'y arrive pas, je ne peux pas, je n'ai pas envie de ça, je n'ai pas envie d'habiter avec ce type, je n'ai pas envie de partager ma vie avec lui.

La semaine qui a suivi s'est révélée aussi pesante que si Christophe avait été là. C'était à peine si Florence osait encore me parler. Monique au milieu de tout ça semblait totalement perdue. Avec Jim je faisais mon possible pour sauver les apparences mais il fallait vraiment que je me force, j'étais trop préoccupé. Heureusement Aurélie était assez disponible et on s'appelait tous les jours. Dès le retour de Christophe, j'ai fait mon sac et je suis parti chez elle, à Lyon.

12

Elle était au courant de tout, bien sûr, et elle était encore plus remontée que moi. C'est toujours facile de s'emballer quand on est extérieur, on ne vit pas les choses, on n'est pas vraiment concerné, on ne souffre pas de la même manière, et puis on n'aura pas à assumer les conséquences de nos réactions et de nos actes, alors on adopte une position radicale, on joue les durs, et on ferait mieux de se taire, car on est souvent de mauvais conseil. Le premier soir elle m'a emmené dans un bar où elle avait ses habitudes dans le quartier de la Guillotière, et comme je ne voulais pas d'une conversation à sens unique, j'ai commencé par la questionner sur sa vie, son boulot, sa relation avec Antoine, mais au bout d'un quart d'heure on était déjà revenus sur le sujet de Jim et Christophe. Après cinq ou six pintes chacun et autant de shooters fluorescents on a cru trouver la solution en échafaudant un plan criminel. Ça nous paraissait d'une simplicité enfantine, et sur le moment je dois dire qu'on y croyait vraiment, qu'on était au premier degré, en tout cas moi je l'étais. Au moins pendant les cinq premières minutes j'étais à fond. Il suffisait de trouver une manière douce de le supprimer, une manière qui ne laisse pas de trace, en l'empoisonnant ou en l'étouffant, et ensuite on n'aurait plus qu'à le pendre avec une corde au plafond du garage, comme s'il s'était suicidé. On pourrait commencer par l'endormir en lui faisant avaler à son insu deux trois somnifères, comme ça la vraie cause de sa mort serait bel et bien l'étranglement. Avec ce qui lui était arrivé personne ne remettrait en cause son geste, même Florence ne pourrait pas douter de l'authenticité de son suicide. Et puis ce type était tellement malheureux que c'était peut-être lui rendre service. On l'aidait à en finir avec la vie, et moi je reprenais ma place tranquille auprès de Florence et Jim, comme ça tout le monde était content. Bon, si on se faisait choper ce n'était pas douze mois de taule qui nous attendaient mais au minimum douze ans. Je ne verrais plus Jim qu'au parloir. Il serait majeur quand on sortirait.

Mais on ne se fera pas choper. C'est un plan en béton armé, je te dis.

On parlait tellement fort qu'autour de nous au moins vingt personnes étaient déjà au courant.

Tu gagnes sur les deux tableaux. Tu te débarrasses du père de ton fils et de l'amant de ta femme.

Mais je lui assurais qu'ils ne couchaient pas ensemble, non, ça j'en étais absolument certain.

Christophe me l'avait dit, depuis la mort de Marion il ne pouvait pas envisager de toucher une autre femme, il en était incapable, et il se demandait même si ça reviendrait un jour. Et puis j'ai ajouté comme ça, légèrement, limite sans y penser, que moi non plus je ne couchais plus avec Flo. Et je ne me suis pas arrêté là. Tu sais, ça fait un moment que c'est plus le grand amour. On s'entend très bien tous les deux, on discute, on rigole, mais la vérité c'est qu'on reste ensemble à cause du petit.

J'avais l'impression de le formuler pour ma sœur autant que pour moi-même. C'était la première fois que je lui en parlais mais aussi la première fois que je parlais du côté dépassionné de ma relation avec Flo tout court. C'était la première fois que je posais des mots dessus, comme si jusqu'ici je n'avais pas osé me l'avouer. Pourtant c'était d'une telle évidence. Sans Jim notre histoire n'aurait pas duré aussi longtemps. Jim en était le centre, la structure tout autant que le ciment, et si on avait été encore amoureux avec Florence, on n'aurait pas accepté aussi facilement le retour de Christophe. On n'aurait pas tenu aussi longtemps avec lui, tous les trois, tous les quatre, tous les cinq, on aurait pensé à nous deux, on aurait eu peur pour notre histoire, on aurait cherché à sauver notre petit bonheur conjugal. On ne se serait pas autant focalisés sur le malheur de Christophe, quand bien même on l'aurait tout aussi bien compris. On ne l'aurait pas laissé s'immiscer comme ça dans notre vie.

Christophe avait pu s'incruster aussi facilement parce qu'il y avait de la place, parce qu'on ne formait plus vraiment un couple mais un binôme, une paire de parents. Cette histoire avec Flo avait duré plus de sept ans, c'était déjà inespéré. Je ne sais pas combien d'années, combien de temps exactement il fallait incomber à la présence de Jim, mais sept ans c'était énorme. Pour une histoire dont j'avais dès le début éprouvé la fragilité. Une histoire dont les bases n'étaient peut-être pas assez solides. Sept ans.

À Lyon j'ai passé quatre jours à me sentir porté par cette révélation, je me promenais en ville tout seul pendant que ma sœur était au boulot et j'avais l'impression de rebondir en marchant, d'exécuter de plus grandes foulées, c'était tellement agréable que je souriais comme un niais et que j'avais envie de serrer la main de tous les gens que je croisais et de prendre tous les vieux et tous les clochards et tous les enfants dans mes bras et de les soulever en l'air en leur criant alors, elle est pas belle, la vie ? Quand je suis rentré à Bellecombe, dès qu'on a eu un moment tous les deux, j'en ai parlé à Florence.

Cette sensation d'éloignement était évidemment réciproque, et on est vite arrivés à la conclusion que vivre ensemble, aujourd'hui, relevait plus d'un vague principe de responsabilité que d'une nécessité intime. On a laissé passer un peu de temps. Je sais qu'elle en a informé Christophe et même Monique. Au bout d'un mois, on a confirmé notre décision.

Étant donné la situation on pouvait dire que ça se faisait d'un commun accord. Pour Jim j'ai pris l'exemple d'un de ses copains du foot dont les parents étaient divorcés, mais j'ai commencé à lui dire que ce n'était pas tout à fait pareil, que ce n'était pas vraiment une séparation mais plutôt une tentative d'accroissement des possibles, et je me suis rendu compte que j'étais encore en train de l'embrouiller, alors je lui ai demandé d'oublier tout ça et de se contenter du modèle des parents de Brian, oui, voilà. On se sépare, on ne va plus vivre ensemble, mais ce qu'on cherche à te dire c'est qu'on l'a décidé tous les deux et qu'on va rester proches et que tu continueras à nous voir. Pour le coup, c'était moi que ça rassurait d'envisager la chose sous la forme d'une tentative, d'une expérience. On essayait de se séparer. Il n'y avait pas de conflit, pas de désaccord majeur. Ce n'était pas tout à fait contre Florence. Ce n'était même pas uniquement à cause de Christophe. C'était une rupture aussi bizarre que l'avait été notre histoire, finalement.

13

Ma sœur s'apprêtait à rejoindre la colocation d'Antoine, avec qui elle sortait depuis deux ans, et j'ai pris sa place dans son studio de vingt-six mètres carrés : une pièce à vivre et une petite cuisine. Il n'était pas situé à Lyon mais à Villeurbanne, même si bon je n'avais pas l'impression d'être moins à Lyon que ceux qui habitaient trois cents mètres plus loin, de l'autre côté du panneau. Ça, c'est parce que tu viens d'arriver, me disait Aurélie, moi j'ai vraiment l'impression d'avoir quitté Villeurbanne et d'être retournée vivre à Lyon. Elle habitait désormais dans le quartier de Vaise, et depuis Villeurbanne j'en avais pour une petite heure de marche, en empruntant deux ponts pour traverser les deux fleuves qui coupaient la ville, ce qui me rappelait Besançon, mais à Besançon il n'y avait que le Doubs et il était moins large que le Rhône et la Saône. Les premiers jours je passais toutes mes soirées avec Aurélie et ses colocs, j'avais besoin de voir du monde et dès que je me retrouvais seul chez ma sœur, enfin chez moi maintenant, dans ce nouveau chez-moi, ce tout petit appartement, je me demandais un peu ce que je foutais là. Même le canapé-lit, l'étagère, la commode et la gazinière n'étaient ni les miens ni ceux d'Aurélie puisque le studio était un meublé, et je n'avais pas vraiment l'impression d'être en prison mais plutôt à l'hôtel, sauf que je n'allais jamais à l'hôtel. Je ne me sentais même pas en vacances. Pourtant je ne bossais pas. Je n'avais rien de spécial à faire de mes journées. Je retournais tous les trois ou quatre jours à Bellecombe, je passais un temps fou sur la route, j'allais manger avec Jim et Flo et je rentrais le soir même à Lyon, comme si c'était la porte à côté. Je me baladais beaucoup en ville avec mon appareil et ça me faisait du bien de photographier autre chose que des forêts d'épicéas. Je photographiais des gens habillés différemment, des gens plus jeunes, des gens que je ne connaissais pas. Je photographiais chez ma sœur et ses potes mais aussi dans les transports, dans la rue, au centre commercial de la Part-Dieu ou même à la gare du même nom — qui n'allait pas tarder à devenir mon lieu de travail. Je photographiais de façon compulsive, souvent à l'aveugle, avec l'appareil au niveau du nombril. Dans ma situation de nouvel arrivant ça prenait une dimension quasi animale, c'était une façon d'absorber les lieux, de m'approprier mon nouvel environnement, l'appareil comme une extension de soi, un appendice, ou plutôt une trompe. Et ça fonctionnait, je commençais à trouver quelque chose d'excitant à cette nouvelle vie, à l'idée même d'une nouvelle expérience, d'une nouvelle aventure, à trente ans passés. Je commençais à accepter que maintenant le quotidien c'était ici. Évidemment je pensais tout le temps à Jim, je ne causais que de lui à ma sœur et ses amis, et je finissais toujours par m'excuser de les soûler avec cette histoire mais ils m'assuraient que non, pas du tout. Si ça les emmerdait, ils n'avaient qu'à pas être aussi polis. Ils m'écoutaient sagement en fumant leur joint ou en dévorant leur pasta box réchauffée au micro-ondes, et je me demandais bien ce qu'ils pouvaient en penser. Aucun d'entre eux n'avait d'enfant, pourtant ils n'avaient que quatre ou cinq ans de moins que moi, mais à cause de Jim je me sentais toujours cent fois plus vieux qu'eux. À cause de Jim je n'arrivais pas à être aussi léger qu'eux. C'était comme au lycée avec Jenny quand on formait ce petit couple posé alors que la moitié de mes copains n'avaient encore jamais roulé une pelle à une fille.

Puis je me suis mis à l'accueillir à Lyon. J'allais le chercher à l'école le vendredi après-midi et on rentrait directement. J'ai investi dans un matelas gonflable pour moi, et je lui laissais le canapé-lit. Ce qui l'a marqué lors de son tout premier séjour ce n'était même pas la petitesse des lieux, d'autant que je l'avais prévenu, mais l'absence de mouches. Je lui disais qu'il n'y avait pas de mouches ici parce qu'il n'y avait pas de vaches, mais qu'il y avait des moustiques alors que chez lui, chez sa mère, quoi, il n'y en avait aucun, et il savait très bien pourquoi : parce qu'il y avait des hirondelles et des chauves-souris. D'ailleurs j'en avais raté une belle l'autre jour à la maison, une chauve-souris était entrée dans la cuisine et Christophe et Florence s'étaient montrés aussi paniqués que la bestiole. C'était Flo qui avait fini par se dévouer en se coiffant d'un vieux casque de moto et en s'armant d'un balai avec lequel elle avait réussi à la remettre dehors. J'avoue que j'aurais bien aimé voir ça. Et tu sais ce que m'a dit mamie à propos des mouches ? Elle m'a dit que quand les mouches se posent dans notre assiette elles crachent de la salive pour ramollir la nourriture et l'avaler plus facilement, je l'ai raconté à mes copains et ils ont dit que c'est dégueulasse, mais moi je leur ai dit que non, c'est la nature.

Ici, la nature n'était pas aussi présente, mais on ne restait pas enfermés dans l'appartement pour autant. On allait se promener sur les quais du Rhône et on donnait du pain aux cygnes et aux canards. On s'arrêtait au skate-park en contrebas du pont de la Guillotière et on s'asseyait sur les gradins en dur et le spectacle des jeunes skateurs branchés n'avait pas l'air de le passionner, en tout cas pas autant que moi. J'étais fasciné par ces gamins sur leurs BMX et leurs trottinettes, je pouvais même dire que je les enviais, mais Jim s'en fichait complètement, il ne les regardait pas, il jouait avec sa montre, il voulait se remettre à marcher. Durant les premiers mois je l'ai emmené au cirque, au cinéma, à l'aquarium, au McDo, et je découvrais Lyon avec lui, grâce à lui. Et puis forcément on a fini par aller voir un match de foot. Ah, quelle histoire. J'ai réservé deux places pour Lyon-PSG car Jim était supporter du club de la capitale. C'était à cause de Mevlüt Erdinç, un joueur professionnel qui avait débuté à Vaux-lès-Saint-Claude, le club de Jim. Erdinç était un attaquant de pointe, un buteur, qui jouait pour la sélection turque mais qui comme Jim était né à Saint-Claude. Quand Jim a commencé à s'intéresser au foot, Erdinç jouait au PSG. Quand je me suis installé à Lyon, il venait de partir à Rennes, mais Jim continuait à supporter le PSG — tout en se mettant à suivre le Stade rennais. C'était un samedi en début d'après-midi et dans le métro on ne s'est même pas étonnés qu'il y ait si peu de monde, personne qui portait les maillots des deux équipes ou qui soufflait dans des trompettes en plastique. C'est seulement en approchant du stade de Gerland qu'on a commencé à trouver ça louche. Toutes les entrées étaient barricadées, comme s'il n'y avait pas de match aujourd'hui. Je me suis présenté au seul guichet ouvert et j'ai sorti mes billets imprimés. Oui, bien sûr, la Plaine de jeux, c'est juste à côté, à trois minutes à pied. J'ai compris que je m'étais planté : j'avais bien réservé deux places pour le match OL-PSG, mais il s'agissait des équipes féminines. Mon petit Jim a fondu en larmes, mais t'es trop nul, c'est pas pareil, ça n'a rien à voir, je les connais pas, moi, les femmes. On y est allés quand même, l'unique tribune de deux mille places était à moitié vide, l'Olympique lyonnais a battu le PSG par trois buts à zéro et je lui ai promis que je me rattraperais. Deux mois plus tard on a assisté, dans l'enceinte du grand stade de Gerland cette fois, à la réception du Stade rennais par l'équipe masculine de l'OL. Erdinç a dû toucher quatre fois le ballon durant tout le match. Même score et même vainqueur que chez les femmes : 3-0 pour Lyon. Mais Jim se foutait du résultat, il était tout heureux, et il est rentré chez lui avec son écharpe aux couleurs des visiteurs, rouge et noire, qu'il a présentée à sa mère sur le parking de Gifi dans la zone commerciale d'Arbent, à la sortie d'Oyonnax, où on avait pris l'habitude de se retrouver avec Florence — ça m'évitait de monter jusqu'à Bellecombe. À la fin de la saison Erdinç a signé chez l'ennemi historique des Lyonnais, l'AS Saint-Étienne, alors Jim et moi on s'est mis à supporter les Verts.

À Lyon on en profitait aussi pour voir Charlotte, sa copine de Bellecombe, qui habitait ce fameux quartier de la Croix-Rousse où je ne mettais jamais les pieds. On se retrouvait en général au parc de la Tête d'Or, avec ses manèges, ses vendeurs de churros, ses serres tropicales et surtout son zoo, où Charlotte et Jim se sont pris d'affection pour un vieux singe nommé Lulu, une femelle gibbon âgée de plus de cinquante-cinq ans qu'on allait saluer à chaque visite : on va voir Lulu, allez, on va dire bonjour à notre Lulu... Après quoi on s'installait dans l'herbe, et les deux enfants partaient s'amuser sous les grands platanes et les cèdres. Caroline et François sortaient des bières artisanales et ils commençaient toujours de la même façon, en se penchant légèrement en avant, le visage un peu de travers : et toi, Aymeric, ça va ? Ils avaient l'air de s'intéresser sincèrement à mon cas et je trouvais ça mignon. Ils connaissaient bien sûr les circonstances de notre séparation, maintenant tout le monde était au courant, et ils devaient s'imaginer que j'étais au fond du trou ou quelque chose comme ça. Mais je leur expliquais que je ne m'en sortais pas si mal, que ça allait même plutôt bien, figurez-vous que je viens de trouver du travail.

14

Chez PAUL, la boulangerie où ma sœur avait bossé pendant ses années d'études. Elle était restée en lien avec le directeur de la boutique de la gare Part-Dieu, qui m'a pris pour deux mois à l'essai. Contrairement à moi, Aurélie n'avait pas lâché la fac en cours de route. Elle s'était mise à travailler dans sa branche aussitôt après avoir validé son master 2 information-communication. Son diplôme universitaire ne pesait pourtant pas lourd à côté de celui d'une école privée, mais elle était tenace et décidée, ma frangine, et à l'en croire, c'était tout ce qui comptait dans le milieu de l'événementiel culturel. Elle était forte, elle m'impressionnait. On s'arrachait carrément ses services. Elle avait passé trois ans comme assistante de communication chez ARTY FARTY, la boîte qui organise le festival de musique électro Nuits sonores, avant d'être promue responsable de la communication et du marketing chez Culture Next, une filiale qui s'occupait de la gestion du Sucre, une salle de concert elle aussi spécialisée dans les musiques électroniques. Elle avait toujours été attirée par le monde du spectacle et surtout celui de la musique, alors elle était exactement où elle voulait être. Elle sortait presque tous les soirs et j'étais toujours invité, elle n'avait même pas besoin de me le dire, je savais qu'il n'y avait pas de problème pour que je l'accompagne, et quand j'étais avec Jim elle me disait de venir avec lui et j'étais à deux doigts de le faire, et je ne sais pas pourquoi mais je trouvais toujours de fausses raisons pour décliner. Enfin si, je crois savoir ce qui motivait mes refus, et c'était sûrement idiot, et puis ça ne nous ressemblait pas à Florence et moi, mais j'avais peur, voilà, j'avais la trouille d'un dérapage et que je ne puisse plus accueillir Jim à Lyon. Alors je ne sortais que lorsque j'étais seul. C'était la même chose avec la défonce. Je picolais, je fumais, je prenais un peu de coke, mais je refusais toujours les cachetons. Pourtant il n'y avait aucune chance pour qu'un demi-taz me laisse perché à jamais, mais je réagissais comme un vieux, je pensais à Jim et à tout ce qui pouvait m'éloigner définitivement de lui, et même si le risque était infime, je verrouillais. Ça ne m'empêchait pas de profiter de la soirée. Je rentrais me coucher au petit matin ou bien j'allais bosser directement quand j'étais d'ouverture et je dormais l'après-midi, ou alors je ne dormais pas du tout et je finissais par le payer. Je n'encaissais plus aussi bien les nuits blanches qu'à vingt ans.

PAUL, c'était un sacré bordel quand j'y

repense. À la fin de la journée on en avait tous plein la tête, entre les bruits de la foule et les annonces de la SNCF : arrivée des trains en gare, retards, changements de quai, etc., les clients qui avaient rarement le temps d'être polis et agréables, la boutique qui était minuscule — je sais qu'elle a été agrandie récemment, mais à mon époque c'était tellement étroit qu'on se marchait les uns sur les autres —, en plus de ça on se les caillait du fait des courants d'air causés par les portes automatiques de la gare et aussi de nos allées et venues dans les deux chambres froides, la positive qui stagnait à cinq degrés et la négative, le congélateur, à moins vingt. Mais je ne détestais pas cette ambiance, j'aimais bien être mêlé à ce bouillonnement. En tant qu'employé polyvalent je touchais à tout, fabrication des sandwichs, des salades, des pizzas, et de la spécialité de la maison, le chaud saucisse (demi-baguette avec deux saucisses, béchamel, moutarde et fromage), je me chargeais aussi du remplissage des gastros en inox pour le lendemain (rondelles de tomates, mélange thon-mayonnaise...), je faisais un peu de ménage par-ci par-là, et bien sûr je tenais la caisse. L'essentiel des employés était des trentenaires comme moi. Il y avait aussi des étudiants, qui ne bossaient que le soir et le week-end. Et il y avait quelques quadras, des mères de famille sans qualification. Ah, la pauvre Marlène... Je n'ai jamais croisé quelqu'un d'aussi déprimé que cette femme. Elle voyait une sorte de sorcier ou de chaman qui lui recommandait de taper avec la tranche de sa main sur une table parce que la tranche c'était le sentiment, et elle ne savait pas trop si c'était de la connerie ou quoi mais elle se disait que tout était bon à essayer. Alors elle passait son temps à taper comme un karatéka, elle tapait sur le comptoir en encaissant les clients, elle tapait en nettoyant ses vitrines, elle nous racontait qu'elle tapait surtout au réveil, cinq minutes sans s'arrêter, et puis le soir avant de se coucher. Mais il n'y avait pas que ça, tout en tapant elle devait répéter en boucle : je m'aime, je m'accepte, j'aime mon corps… Quand elle bossait, j'imagine qu'elle le répétait dans sa tête. Mais un jour je me suis retrouvé en pause avec elle et elle s'est mise à cogner sur son banc avec la tranche de la main tout en criant carrément : je m'aime, je m'accepte, j'aime mon corps. J'ai trouvé ça tellement triste que j'ai eu envie de l'accompagner, de raidir ma main et de l'élever au-dessus de mon banc et de me mettre à taper avec elle, juste pour qu'elle se sente moins seule. Mais je ne voulais pas qu'elle croie que je me moquais, alors je n'ai pas bougé d'un pouce. Elle s'est fait virer assez rapidement. Je ne sais pas ce qu'elle est devenue. On s'inquiétait tous pour elle, on se demandait si elle avait réussi à trouver du boulot ailleurs ou si elle s'était tiré une balle ou quoi.

C'est chez PAUL que j'ai fait mes premières rencontres en dehors du cercle d'amis de ma sœur. Deux petites aventures avec des employées. Quelques soirées chez des collègues. Il y avait toujours un moment où j'en venais à parler de Jim, mais ils avaient du mal à comprendre. Quand je racontais l'histoire dans les détails, ils minimisaient l'importance de Jim pour moi : ah, donc en fait, t'es pas du tout son père. Je lâchais vite l'affaire. La première fille avec qui ça a duré plus d'une semaine s'appelait Laëtitia. On s'est rencontrés dans une soirée chez un collègue, j'avais mon vieil appareil autour du cou, et chaque fois qu'elle me croisait dans la cuisine ou dans le salon où tout le monde était agglutiné, elle m'appelait le dinosaure. Elle a même fini par me surnommer Denver, le dernier type qui fait de l'argentique. Ça lui parlait parce qu'elle bossait dans une boîte de transfert numérique, c'est-à-dire qu'elle numérisait des films VHS, DV ou même Super-8, et elle m'a ainsi expliqué qu'elle appartenait quant à elle aux derniers humains sur Terre à faire usage de cet outil qu'on appelait un magnétoscope, tu te rappelles ? Ensuite on ne s'est plus lâchés de la soirée, on a continué à discuter technique, elle m'a mimé avec les mains tout en tenant sa bière le fonctionnement du scanner de pellicules qu'elle utilisait pour les films Super-8 et hi8, elle est revenue sur les dernières vidéos sur lesquelles elle avait bossé, l'après-midi même, un film de mariage et un film de vacances dans un camping à Saint-Tropez, et au bout d'une heure ou deux elle s'est étonnée que je ne lui aie toujours pas posé la question de savoir si elle voyait des trucs un peu trash ou bizarres. Tu veux que je te pose cette question ? Bah, je sais pas, en général les gens me demandent toujours… Elle avait l'air d'avoir envie d'y répondre en tout cas, alors je lui ai posé sa putain de question. Et non, ça ne lui était jamais arrivé, jamais rien vu de porno ou même de vaguement érotique. Par contre son collègue Maxime avait numérisé un film de vacances dans un gîte nudiste, lui. Et donc, c'était marrant ? Même pas, des vieux qui jouaient aux cartes la bite à l'air.

C'est la première fille que j'ai présentée à Jim. Je me le suis autorisé parce que je venais d'apprendre que Florence et Christophe s'étaient mis ou plutôt remis ensemble, ce qui ne m'a pas dérangé plus que ça, je m'y étais préparé. En me l'annonçant Florence m'a pris dans ses bras et m'a même embrassé, c'était n'importe quoi. Elle traversait une période difficile à cause de Monique qui était à nouveau hospitalisée, sa prothèse du genou s'était infectée et puis elle devenait invivable, elle n'en faisait qu'à sa tête, elle ne se nourrissait plus que d'une mixture de sa propre conception, un grand bol de café auquel elle ajoutait du beurre et de la confiture et elle mélangeait le tout avant de l'avaler en trois grosses gorgées, elle ne voulait plus rien mâcher. J'ai profité d'un trajet avec Jim pour lui rendre visite à l'hosto. À la demande de Florence, on lui a apporté des compotes en gourde, des Pom'Potes, comme pour les mômes. Elle nous a presque insultés quand on les a sorties de notre sac plastique, elle en avait marre de la compote de pommes, mais elle s'est détendue quand j'y ai ajouté une boîte de chocolats Lindt Champs-Élysées, ses préférés. Elle s'emmerdait ici, elle venait de passer une semaine à faire des sudokus, mais comme les Pom'Potes, elle n'en pouvait plus. Elle n'aimait pas regarder la télé, la seule chose qui lui faisait du bien c'était d'écouter les infirmières de nuit, donc les collègues de Flo, qu'elle invitait à s'asseoir au bout de son lit et qui lui racontaient leurs petites histoires, qui étaient toutes assez bavardes, et Monique aimait ça, elle rigolait beaucoup. Et elle voulait que je lui raconte des choses moi aussi, que je lui parle de Lyon et du boulot, alors je lui ai montré une photo de Laëtitia sur mon téléphone mais elle a commencé à grogner qu'elle ne voyait rien là-dessus, que c'était trop petit. En sortant, Jim m'a dit qu'elle avait été beaucoup plus gentille avec moi qu'elle ne l'était avec Flo, un classique.

Laëtitia n'avait jamais vécu à la campagne, c'était même un univers qui l'avait toujours angoissée. À dix-huit ans elle était partie une semaine chez sa tante pour réviser le bac et au bout de trois jours la tatie l'avait perdue. Laëtitia manquait tellement de bruit et d'activité qu'elle était descendue s'asseoir au bord de la nationale. Mais elle a quand même accepté d'assister à mon couronnement.

C'était comme ça qu'on en parlait. Je crois que c'était Christophe qui avait trouvé le terme. L'idée venait de Florence, l'idée du baptême.

Elle voulait m'attribuer un titre officiel, un titre qui n'avait pourtant pas de valeur aux yeux de la loi, mais elle tenait à ce qu'on passe à la mairie, elle tenait à ce que l'événement s'accompagne d'une vraie cérémonie, elle voulait marquer le coup, pour moi. Il n'y avait pas de marraine, seulement un parrain. On était une vingtaine d'invités, dont ma sœur et mes parents, et je suis sorti de la mairie en portant Jim sur mes épaules, au son d'un air de musique classique doux et lumineux, avec des guitares roucoulantes et des violons entraînants. J'avais envie de chialer. On a passé la fin de l'après-midi et toute la soirée aux Trois Cheminées, dans le jardin, autour de tables décorées, ils avaient fait ça bien. Monique avait quitté l'hosto pour l'occasion et Christophe ne la lâchait pas, il était comme greffé aux poignées de son fauteuil roulant. Seul bémol, Jim faisait la gueule. Ce jour-là il était invité à l'anniversaire d'un copain du foot et il était le seul de l'équipe à ne pas pouvoir y aller. Pour la peine il s'est gavé de bonbons et de Coca. Moi non plus je ne me suis pas restreint sur la boisson, et pourtant à trois heures, quand tout le monde était parti, je me sentais encore bien. Je n'avais pas du tout envie de me coucher. J'étais dans l'état idéal pour prolonger la soirée, pour continuer à danser, pour changer de boîte. Mais où aller, comment faire ? Je n'étais pas au bon endroit. Parfois on a le contexte mais pas l'état. On pourrait poursuivre la fête mais on n'est pas dans la bonne énergie. Cette fois, moi, c'était l'inverse. J'ai pris sur moi et j'ai rejoint Laëtitia dans la chambre d'amis, l'ancienne chambre de Christophe.

Le lendemain, juste avant de rentrer à Lyon, j'ai demandé à Flo le nom de la musique qui avait accompagné ma sortie de la mairie. Quoi, t'as pas reconnu ? C'était *Le Parrain*, enfin, la musique du film. Mais je ne l'avais jamais vu, ce film.

15

Monique est morte à la fin de l'automne, chez elle, dans son lit, rien à voir avec sa prothèse infectée, c'est le cœur qui a lâché. Comme j'étais de fermeture cette semaine-là je me suis arrangé avec un collègue pour bosser du matin et je suis arrivé tout juste à l'heure aux Moussières, alors je suis resté debout au fond de l'église durant toute la cérémonie. Flo avait envoyé un mail la veille pour nous informer d'un problème électrique dans l'église qui empêchait la mise en route des radiateurs infrarouges, ainsi une bonne partie de l'assistance arborait de grosses doudounes de couleurs vives. D'où j'étais je voyais au-dessus de chaque tête les petits nuages de buée s'échapper dans l'air après expiration, mais le plus beau ça a été quand le prêtre a remonté l'allée en balançant son encensoir, la fumée était décuplée et la foule immobile baignait dans un épais brouillard, et comme un con je n'avais pas pris mon appareil. On en a beaucoup parlé après l'enterrement et tout le monde était d'accord pour dire qu'en plus du froid le curé avait dû abuser sur les épices tellement ça dépotait dans sa petite boule magique. En sortant de l'église j'ai retrouvé Jim sur le parvis et je l'ai pris dans mes bras mais il s'est rapidement dégagé de mon étreinte pour aller rejoindre sa cousine, la fille du frère de Flo, et lui envoyer à la figure une boule de neige pas trop dure, ça va. Ça tombait sans s'arrêter depuis plusieurs jours, d'ailleurs ma voiture était déjà camouflée. La pauvre Inès a voulu répliquer mais sa mère l'en a empêchée, lançant un regard noir à Jim et cherchant autour d'elle une figure qui pourrait se charger de le recadrer avec autorité. Elle s'est arrêtée sur moi, et je l'ai sentie hésitante. Un an plus tôt j'aurais évidemment été la bonne personne pour accomplir une telle tâche, mais est-ce que j'en avais toujours la légitimité aujourd'hui ? Son visage s'est apaisé, elle s'est contentée d'un petit sourire assorti d'un geste de la main, je me suis approché et elle a rassemblé sa marmaille autour d'elle et elle en a profité pour me présenter le petit dernier, Jonas, âgé d'un peu plus de six mois. Bah oui, je ne l'avais jamais vu, lui. Je connaissais Inès et aussi Léo, qui venait d'avoir quatre ans, mais Jonas était arrivé trop tard pour moi. Il ne m'appellerait jamais tonton, celui-là. Il aurait probablement un peu de mal à comprendre qui j'étais par rapport à son cousin et sa tante. Enfin, il faudrait déjà que j'aie la chance de le croiser de temps en temps.

Je mentirais si je disais que c'était le grand

amour avec Laëtitia. On pouvait rester plusieurs jours sans se donner de nouvelles et ça ne nous posait aucun problème. À chaque fois qu'on passait une semaine sans s'appeler je pensais que c'était fini, et je me disais qu'il faudrait prévoir un dernier verre pour officialiser la rupture, et puis finalement on se revoyait et on couchait ensemble et ce n'était pas si mal. Ça a duré comme ça jusqu'à ce qu'elle m'annonce avoir rencontré quelqu'un à qui elle voulait donner pleinement sa chance, c'était pendant une soirée chez son collègue Maxime, et j'apprendrais la semaine suivante que cette personne était une femme. Je les croiserais dans la rue trois ou quatre ans plus tard et elles m'inviteraient à manger chez elles et je les trouverais radieuses toutes les deux, alors que de mon côté à cette époque-là je ne serais pas au mieux, c'est le moins qu'on puisse dire. Mais revenons à cette soirée chez Maxime. Qui s'est finie pour moi dans les bras de Jasmine, dans ses bras et dans son lit. J'avais l'impression d'enchaîner les conquêtes, c'était nouveau, ça, je devenais un mec de mon temps, un citadin branché, même si aux yeux de Jasmine j'étais surtout un prolo.

C'était le lendemain matin, au petit déj' dans la cuisine, elle m'a lâché un truc du genre : non mais toi, justement, en tant que prolo… En tant que quoi ? Prolo ? C'est quoi ce truc… Le terme m'évoquait de vagues souvenirs de cours d'histoire au lycée. Et c'est surtout que je ne m'étais jamais vu comme ça. Prolétaire, je n'avais jamais employé ce mot. Je ne l'avais jamais entendu dans la bouche d'aucun de mes collègues de boulot. C'est le genre de mot qui ne peut être utilisé que par celui qui n'en est pas. C'est le genre de qualificatif qui découle forcément d'un point de vue extérieur. Parce qu'on se qualifie rarement comme il faut. On ne sait jamais dans quelle division on évolue. Et puis tout simplement, on ne se qualifie pas soi-même.

Avec un peu de recul, on pouvait dire que Jasmine était une bourgeoise de gauche. Bien sûr, elle se défendait absolument d'être une bourgeoise. De gauche, ça, par contre, elle y tenait. Mais ensemble, on parlait surtout de moi. Ça faisait partie des choses que j'aimais bien avec elle. Je crois que je n'ai jamais autant été amené à parler de mon parcours et de ma famille et de mon boulot et de ma vie en général qu'avec Jasmine. Elle mettait des mots sur ce qui pour moi était tellement évident que je n'avais jamais pris la peine de le décrire. En gros je pourrais dire qu'elle m'a appris à me définir. Ce n'est pas pour autant que je me suis mis à me revendiquer prolétaire ou je ne sais quoi, mais au moins je savais qu'il existait un certain vocabulaire dans lequel je pouvais me reconnaître.

Elle bossait comme anesthésiste-réanimatrice à l'hôpital Jean-Mermoz et une autre chose que j'aimais chez elle, c'était qu'elle ne ressemblait pas aux personnes que j'avais l'habitude de côtoyer. C'était un dépaysement total, avec elle je me sentais comme un touriste à New York ou à Dubai, j'étais toujours un peu ébloui et impressionné. Par les bars et les restos où elle m'invitait, par son T3 avec vue sur la Saône. De son côté elle était comme en vacances au Maroc, un pays dont elle appréciait le décor et l'ambiance, les rues un peu sales et abîmées, elle trouvait ça vivant et authentique, tout en s'excusant d'utiliser des mots qu'elle jugeait galvaudés. Ça n'a pas duré longtemps entre nous, mais si j'en parle c'est que ça a été une rencontre importante. Je pourrais dire qu'elle m'a fourni les clés qui m'ont permis de comprendre pourquoi ça n'a pas duré. En tout cas, ça n'a pas duré assez longtemps pour qu'on réussisse à creuser au-delà des clichés, d'un côté comme de l'autre.

Après Jasmine je n'ai plus rencontré personne pendant un petit moment, plusieurs mois sans même un pauvre truc merdique d'un soir, rien. Mais ça m'allait bien comme ça. Je crois que je n'étais pas fait pour ces relations trop légères, je n'étais pas fait pour enchaîner, j'étais peut-être trop sentimental, ou trop campagnard, ou trop vieux, ou trop trouillard. J'ai continué à sortir un peu, grâce à ma sœur j'ai pu danser à l'œil pendant une semaine ou presque au festival Nuits sonores qui avait lieu sur le site de l'ancien Marché de Gros. J'ai emmené deux fois Jim au stade Geoffroy-Guichard à Saint-Étienne, deux défaites et aucun but de Mevlüt, ah, on n'était pas vernis. Je continuais à passer quelques journées et soirées à Bellecombe, je commençais à me faire à ce statut bizarre de parrain, ce statut un peu au rabais, c'est vrai, mais tant que Jim se sentait plus à l'aise avec moi qu'avec son vrai père, et plus joyeux et plus animé, et puis tant qu'il était plus attaché à moi qu'à Christophe, je voulais bien m'en contenter. Je pensais que ça allait durer comme ça pendant des années, jusqu'à ce qu'il vienne faire ses études à Lyon. Je me disais même qu'il pourrait me rejoindre avant ses dix-huit ans, s'il intégrait une classe de sport-étude ou le centre de formation de l'OL, carrément. Je n'en avais pas parlé à Florence, on avait encore un peu de temps devant nous. Pour l'instant, je m'appliquais à consolider cette situation qui semblait convenir à tout le monde. Et je n'ai rien vu arriver. Encore une fois j'ai péché par naïveté. Je ne m'y attendais pas une seconde, quand un midi, chez eux, à table, Florence m'a annoncé leur intention de partir.

Comment ça, de partir…

Eh bien voilà, ils voulaient changer de vie, du moins de cadre de vie. Ils avaient réfléchi et ils en avaient beaucoup parlé tous les deux et ils pensaient qu'il était nécessaire pour eux de tourner une page, d'inscrire leur histoire dans un nouvel environnement, et même de la recommencer sur d'autres bases. Ils sentaient que le moment était venu et Christophe avait un ami d'enfance qui vivait depuis vingt ans à Montréal et leur idée était de le rejoindre, d'aller s'installer là-bas.

S'installer à Montréal ?

Enfin, ils ne savaient pas, non. Ils n'étaient

sûrs de rien. Comme d'habitude avec Florence il s'agissait d'essayer, et puis ils verraient bien ce que ça donnerait.

Florence avait toujours été attirée par une expérience de vie à l'étranger, ça oui, j'étais au courant. En tant qu'aide-soignant pour lui, infirmière pour elle, ils n'auraient aucun problème à trouver du boulot, on le leur avait garanti, même à cinquante ans passés. Et puis en attendant ils avaient un peu d'argent de côté, avec l'indemnisation que venait de toucher Christophe, la vente de sa maison et ce que rapporterait celle de Bellecombe.

Ah, parce que vous allez vendre la maison ?

Le frangin de Flo n'en voulait pas, il avait toujours été clair là-dessus. Quant à elle, elle n'était pas attachée à l'aspect matériel des choses, comme elle disait, comme elle me le répétait, me le martelait au cas où je serais sourdingue ou débile. C'est que du matériel, après tout, c'est que de la pierre, et elle est tellement grande, cette baraque, qu'il faudrait l'entretenir. J'ai pas envie de relancer les locations. Et puis ce n'est pas vraiment chez moi. Pour moi, ça restera toujours la maison de mes parents.

Mais justement, c'est ton enfance, c'est ta famille, c'est pas n'importe quoi, cette maison.

Je comprends, mais c'est presque le contraire, ça devient trop lourd. Je suis partie une première fois en claquant la porte, puis je suis revenue, je me suis réconciliée avec mes parents, avec mon enfance, avec cette maison, ce village, cet endroit, et maintenant je peux le quitter sereinement. Je sais que je ne le regretterai pas. Je n'ai jamais pensé que ce retour était définitif, tu sais, j'ai toujours eu l'intuition que la vie me réserverait encore des surprises. Et puis j'en ai besoin, c'est tout. Avec Christophe on a besoin de ça, on a besoin de se réinventer ailleurs, loin des fantômes de tous ceux qui ont disparu. Ça va faire quatre ans que sa femme et ses enfants sont morts.

Là, j'ai dû hausser les sourcils ou quelque chose comme ça.

Oui, quatre ans. Il a envie d'essayer, maintenant…

Essayer…

On ne peut jamais savoir, mais l'important c'est d'être en mouvement. Et le mouvement crée du mouvement, alors tu viendras nous voir… Toi qui n'as jamais pris l'avion, ce sera l'occasion. Tu sais que la première chose qu'a dite Jim quand on lui en a parlé c'est : mais comment je vais faire pour voir Aymeric ?

C'était la question que je me posais aussi. Comment je vais faire sans Jim ? La plus longue période que j'avais passée sans le voir depuis que j'habitais à Lyon, donc depuis sa naissance, c'était trois semaines. Ça ne m'avait pas paru interminable mais je savais qu'au bout de ces trois semaines il y aurait un week-end avec lui. Là, ce qui m'inquiétait le plus, c'était de ne pas savoir exactement quand on se reverrait. J'avais besoin d'un cap, d'un repère dans le temps, sans quoi l'idée de son départ était vertigineuse.

16

Christophe a fait un premier voyage au début de l'été, et à son retour il avait trouvé un appartement, en bordure du quartier de Mile End, dans l'arrondissement du Plateau-Mont-Royal, où vivait son ami d'enfance. Maintenant il y avait une date de fixée, une date butoir, il y avait des billets d'avion réservés, des allers sans retour, il y avait des tonnes et des tonnes de choses à préparer, un tri monstrueux à effectuer dans leurs affaires, et il y avait la maison de Monique à vider, où les visites avaient d'ailleurs commencé. Les acheteurs potentiels défilaient et ils étaient presque tous étrangers, belges, hollandais et surtout suisses, et à chaque fois en repartant, à en croire Florence, ils avaient des étoiles plein les yeux, ils s'y voyaient déjà, et en regagnant leur SUV ils sortaient le téléphone pour appeler des amis ou leur conjoint ou bien directement leur conseiller bancaire.

Un accord a été passé avec un couple de Lausanne, dont Florence m'a garanti qu'ils étaient hyper sympas, comme si ça changeait quelque chose. Le préavis a été signé juste avant leur départ. Florence reviendrait au mois de décembre pour finaliser la vente et elle m'a assuré que Jim serait du voyage. Ça y est, j'avais mon échéance. Trois mois et demi.

Les adieux ont eu lieu à Lyon, sur le quai du Rhônexpress, le tramway qui opérait la liaison avec l'aéroport et qui partait à côté de la gare Part-Dieu, donc à deux pas de la boutique où je passais mes journées à fabriquer et à décongeler et à vendre et à balancer à la benne dans des sacs marqués pour que les clodos puissent les identifier des sandwichs dieppois, des sandwichs pavot jambon cru, des tartelettes à la rhubarbe et des salades PAUL (poulet, croûtons, sauce César). Christophe y était déjà depuis quinze jours pour équiper l'appartement — ne sachant pour combien de temps ils partaient, ils n'avaient pas chargé de conteneur, avaient vendu la plupart de leurs meubles et avaient stocké ce dont ils n'arrivaient pas à se séparer dans la grange de la maison de vacances de Caroline et François, les parents de Charlotte. Je ne lâchais pas Jim de la main et des yeux et je portais depuis leur arrivée des lunettes de soleil, comme tout le monde en été, disais-je à Florence, mais évidemment que ce n'était pas seulement pour ça. Ils s'en rendaient compte, ils voyaient les larmes couler sur mes joues, et puis ils me connaissaient. Jim pleurait aussi mais il arrivait à se reprendre, il pleurait vingt secondes quand je le serrais contre moi, puis ne pleurait plus pendant dix bonnes minutes. Moi c'était quasi en continu. Au mieux je me maintenais en bordure, sur l'arête, les yeux rougis, les yeux trempés, le regard voilé, et il suffisait d'une parole un peu sensible ou d'un souvenir ou d'une projection lointaine pour que ça se remette à dégouliner. Des effusions que j'essayais toujours de compenser par un sourire, parce que ce n'était pas la fin du monde, bien sûr, et puis je n'avais pas envie d'être plombant. On avait atteint un stade où on en rigolait de tout ça, de leur escapade canadienne, je les taquinais en leur promettant le mal du pays et un retour précipité, ou un détournement d'avion ou même un crash sur une île non répertoriée et pas si déserte que ça, comme dans la série *Lost*. Bon, j'évitais de ressortir ce scénario trois heures avant l'embarquement, même si Jim n'était pas du tout inquiet pour le voyage. Au contraire il était impatient de vivre ce moment si spécial du décollage, puis d'enjamber l'océan Atlantique et d'apercevoir peut-être un coin des États-Unis depuis son hublot, avant de vivre cet autre moment spécial qu'était l'atterrissage. Mais avant d'en arriver là, il fallait se débarrasser de son gentil parrain, l'abandonner sur le quai comme une vieille chaussette mouillée — non mais écoutez-le. Derniers bisous, dernier je t'aime mon grand tu vas me manquer terriblement, derniers au revoir de la main et dernier mouchoir de mon paquet, que je gardais froissé au creux de ma main au fond de ma poche pendant que le tram rouge filait vers l'aéroport maintenant. Et comme je prenais le boulot dans une demi-heure j'ai rejoint le grand hall de la gare et je me suis assis au milieu des gens accrochés à leurs valises. J'ai sorti mon téléphone pour leur envoyer un premier SMS et il s'est mis à sonner avant même que j'aie commencé à écrire. C'était Florence. Et c'était Jim à l'autre bout. Alors je me suis remis à chialer comme un môme. Lui aussi il chialait. J'essayais de le rassurer. Ne t'en fais pas, on va se revoir bientôt. D'accord, toi aussi ne t'en fais pas. Allez, je vais raccrocher. Mais je voulais juste te dire une chose, je voulais te dire que c'est toi mon papa.

Trop fort, mon gamin.

17

Deux semaines plus tôt Florence m'avait offert un nouveau téléphone avec lequel on pourrait communiquer plus facilement grâce à l'application Facetime. Jim m'a présenté sa chambre et l'appartement par écran interposé, il m'a même montré la vue sur l'extérieur qu'ils avaient depuis chez eux : ça ne ressemblait pas aux rues françaises, ou alors à des villes du Nord, je ne sais pas pourquoi mais ça m'évoquait des images de Lille ou même d'Amsterdam. Le décalage horaire n'était pas vraiment un obstacle pour nous, je pouvais l'appeler après le boulot quand j'étais de fermeture, à minuit à Lyon il était dix-huit heures à Montréal, c'était le moment parfait pour lui. À chacun de nos appels j'annonçais le nombre de jours qui nous séparaient de son retour au mois de décembre, j'avais comme un compte à rebours dans la tête : plus que cent deux jours, plus que quatre-vingt-dix-sept, plus que soixante-seize… Et puis je lui demandais de me raconter comment ça se passait à l'école, s'il se faisait des copains et des copines, et plus généralement s'il se plaisait là-bas. Ses réponses laconiques confirmaient les propos de Florence, à savoir que pour l'instant ce n'était pas évident pour lui et qu'il pleurait souvent le soir et demandait à rentrer en France. Elle me conseillait de ne pas trop le malmener et même si c'était tentant d'entretenir son désarroi j'ai essayé de ne pas agir bêtement, et assez vite nos conversations se sont limitées au seul sujet du football. Il venait d'intégrer un nouveau club et il se plaignait que le terrain d'entraînement soit en gazon synthétique, même si tout le monde lui disait qu'avec son style de jeu technique ça devait l'avantager. Il m'a appris qu'au Canada le foot était un sport pratiqué autant par les garçons que par les filles et on a rigolé en repensant à l'épisode du match féminin à Lyon. Il m'a assuré que les filles jouaient super bien et je lui ai dit qu'il allait peut-être rencontrer une amoureuse sur un terrain de foot, et je m'en suis aussitôt voulu, je n'allais pas non plus l'encourager à trouver de bonnes raisons de se plaire à Montréal. En tout cas, le foot, c'était ce qui nous permettait d'avoir toujours plein de choses à nous dire, grâce au foot il n'y avait jamais de blanc, jamais de temps mort, jamais de gêne ni de lassitude ni d'ennui, parce qu'il y avait toujours de nouveaux matchs et de nouveaux événements à commenter. Pour ça il fallait se tenir au courant, ce que je faisais en lisant *L'Équipe*, parfois sur papier et la plupart du temps sur mon ordinateur ou sur mon smartphone, et en écoutant des émissions de radio spécialisées type « Luis attaque » ou « L'After Foot » sur RMC. Moi qui cinq ans plus tôt ne connaissais rigoureusement rien à ce sport, j'étais désormais un vrai passionné. Avec de grosses lacunes parce que cinq ans ce n'est pas assez, et puis j'y étais venu trop tard, il y a des choses qui s'ancrent dans l'enfance, des automatismes qu'on ne peut pas rattraper, et ça, Jim commençait à s'en rendre compte. Mais l'intérêt que je portais à un match était sincère, je ne me forçais pas. J'étais devenu un vrai supporter. Toujours derrière les clubs français lors des compétitions internationales. Même si j'essayais de soutenir l'équipe adverse, quelque chose souhaitait au fond de moi la victoire du club français. Devant un match qui opposait un club français à un club étranger, je me prenais forcément au jeu, je ne pouvais pas être indifférent, même si c'était un club français dont je ne suivais pas du tout le parcours en championnat. Pourtant j'avais un rapport bizarre à ce sentiment national. Quand par exemple un joueur français évoluait dans un club étranger, j'avais toujours peur pour lui. S'il échouait dans sa mission je ressentais même une petite gêne, comme si c'était un peu de ma faute et qu'il fallait que je présente mes excuses auprès du peuple en question. Le pire, c'est qu'à l'inverse, quand un joueur français réussissait à l'étranger, je ressentais un très fort sentiment de fierté, même de supériorité, de domination. Pourtant je n'en voulais pas au peuple italien quand un joueur italien évoluant dans le championnat de France se loupait, au contraire j'avais tendance à culpabiliser, j'avais honte de l'avoir attiré chez nous, et auprès de lui aussi je voulais m'excuser. Mais tout ça ne durait jamais bien longtemps. La succession d'événements empêchait la honte ou la tristesse de s'installer durablement, la déception d'un jour était effacée par la joie du lendemain, laquelle était balayée par une nouvelle prestation ridicule de mon équipe favorite, à quoi succédait une victoire inattendue, qui me donnait d'autant plus envie d'écouter ces émissions de radio d'après match grâce auxquelles je pouvais assurer lors de notre nouvel échange Facetime et impressionner Jim en lui recrachant les commentaires les plus avisés de mes chroniqueurs préférés. La plupart du temps j'étais au lit quand on s'appelait, déjà lavé, les jambes glissées sous la couette, et j'éteignais aussitôt après avoir raccroché et je m'endormais avec sa voix dans la tête, sa voix et son sourire et l'image de sa trogne sur le téléphone et de sa petite paluche qui se fermait quand on se disait au revoir et qu'on se promettait de s'appeler le surlendemain.

Puis décembre est arrivé. Je n'ai pas pu aller les chercher à l'aéroport parce que je bossais, alors ils m'ont retrouvé à la boutique et j'en ai profité pour prendre ma pause. Jim m'a sauté dans les bras quand je suis sorti et je l'ai trouvé grandi, le salaud, il avait limite une gueule d'ado, son nez et son menton me donnaient l'impression d'avoir doublé de volume. Ils ne m'avaient jamais vu en habits de PAUL, comme on disait, avec le pantalon, la veste et la toque blanche sur la tête, et on a discuté dehors sur mon banc habituel pendant vingt minutes, et on s'est donné rendez-vous le lendemain matin en bas de chez moi.

C'était la seule journée pleine qu'on pouvait passer ensemble. Florence avait rendez-vous chez le notaire à Saint-Claude pour signer la vente. Le frère de Flo avait envoyé une procuration alors ça s'est fait sans lui. Ensuite on a pris la route en direction de Bellecombe, ce petit paradis où j'avais tant aimé vivre et qui m'avait manqué lui aussi mine de rien durant les trois derniers mois. On s'est arrêtés en chemin aux Moussières chez des amis de Monique, un couple de chasseurs, pour récupérer un trousseau de clés, et comme il avait neigé toute la nuit ils nous ont prêté leur pick-up pour aller jusqu'aux Trois Cheminées. Florence avait pas mal de trucs à expliquer aux nouveaux propriétaires, et Jim et moi on trouvait tellement déprimant d'attendre dans la maison vide qu'on est partis se balader. On a longé la piste de ski et au niveau de la Mignatte on est montés au col des Salettes en contournant les énormes pylônes des lignes à haute tension qui grésillaient au-dessus de nos têtes, et en redescendant à travers les épicéas vers la Morseline on est tombés sur le cadavre d'un chevreuil éventré et déchiqueté par les rapaces. J'ai supposé qu'il avait été tué par un chasseur ou par un lynx mais

Jim m'a tout de suite corrigé pour dire qu'à tous les coups il était mort de froid, car les chevreuils ne sont pas des chamois et ne résistent pas aux basses températures. T'es toujours aussi malin, toi, et je l'ai serré contre moi et on a continué en direction de la combe de Malatrait mais on ne pouvait pas partir trop longtemps alors on a rapidement fait demi-tour. En revenant sur nos pas on a croisé deux skieurs, les deux seuls de toute notre sortie. Cette fois on n'a pas dévié de la piste si bien qu'on n'a pas revu le chevreuil ou ce qu'il en restait, on est repassés sous les pylônes et on a retrouvé le chemin qui longe les refuges, d'abord la Guienette et un peu plus loin sur la gauche Chez Verguet, et je me disais qu'à Lyon je ne connaissais pas aussi bien le nom des rues et des quartiers qu'ici. Grâce à Monique je pouvais désigner par leur patronyme chaque lieu-dit, chaque ruine et chaque baraque à l'abandon : l'ancienne école des Closettes ; là-bas c'est Chez les Sourds… Tout ça participait d'un effet enveloppant et chaleureux dont je m'étais un peu éloigné ces dernières années, et qui risquait maintenant de me devenir totalement étranger. Est-ce que je reviendrais ici sans Jim ? Est-ce que j'assumerais cette position de touriste à Bellecombe ? On est arrivés à la maison pour le moment fatidique, comme a dit Florence, qui était sur le point de remettre le dernier trousseau à ce gentil couple de Lausannois, et Jim est aussitôt ressorti. Je l'ai suivi. Il était en pleurs. J'ai compris qu'il avait passé les deux dernières heures à se retenir. Ça expliquait qu'il ait été si peu causant avec moi, si froid et si renfermé. Je n'avais pas imaginé que ça puisse venir de là ; je n'avais pensé qu'à moi.

Maintenant je pleurais avec lui, et même Florence en nous retrouvant avait les yeux rougis. Maintenant c'était fait, fini les Trois Cheminées, et on s'est pris dans les bras et Florence pleurait et riait en même temps et elle a commencé à nous secouer et à me donner des coups de coude et je comprenais qu'elle cherchait à redresser la barre, comment dire, à introduire un peu de fermeté pour contrecarrer ces effusions sentimentales. Mais un pogo à trois sur un sol verglacé ce n'était pas au goût de tout le monde, Jim s'est extirpé de la mêlée nerveusement pour partir vers le 4 × 4 en courant et en criant mais vous faites chier, et Florence s'est brusquement tournée vers moi en prenant un air dépité comme pour me dire voilà ce que je vis depuis trois mois, tu comprends quand je te dis que c'est pas simple, que je ne le reconnais plus, qu'il n'a jamais été aussi dur, qu'il me rejette sans arrêt alors que c'était quelque chose qu'il ne faisait jamais avant. J'étais censé réagir, mais ce que j'avais à dire me semblait tellement évident que j'ai préféré me taire. Elle l'aurait mal pris, on se serait affrontés là devant la maison, dont les nouveaux occupants nous auraient épiés de derrière les carreaux tandis que Jim venait d'être rejoint sur le parking par les deux skieurs qui retiraient leur veste devant le coffre ouvert de leur C3, ça faisait trop de spectateurs, c'était un peu comme le pogo finalement, ni le bon endroit, ni le bon moment. J'ai donc fermé ma gueule. Florence s'est allumé une clope canadienne et je lui en ai taxé une et on a fumé côte à côte en laissant Jim se calmer tout seul. Il était assis sur le capot et nous tournait le dos. Il ne pleurait plus quand on l'a retrouvé. Florence s'est excusée et lui a dit qu'elle comprenait et que pour elle non plus ce n'était pas facile de se séparer de cette maison. Jim a maugréé que c'était pas ça, que c'était pas la maison. Florence m'a encore jeté son regard dépité et on est remontés tous les trois dans la voiture et on a fait le transfert de véhicules aux Moussières et on a pris l'autoroute à Oyonnax jusqu'à Lyon, où on a mangé chez Hubert, un ami de Florence que je connaissais à peine et qui les hébergeait. Le lendemain j'étais de l'après-midi alors on n'a pas pu se voir, et le surlendemain ils repartaient déjà et on s'est dit au revoir au même endroit que fin août, sur le quai du Rhônexpress, mais l'ambiance était radicalement différente. Il faisait un temps dégueulasse, une pluie fine et cinglante, trois degrés maximum, et puis personne ne chialait, Jim faisait la tête et il ne m'a même pas regardé quand je lui ai dit que je viendrais les voir l'été suivant, mais l'été suivant c'était comme si je lui donnais rendez-vous dans cinq ans.

Deux semaines plus tard, j'ai passé mon premier Noël sans lui depuis sa naissance. J'étais chez mes parents et ça devait faire plus de dix ans que je n'avais pas fêté Noël avec eux. Ma sœur était là aussi. J'avais du mal à me l'avouer mais au fond de moi une petite voix commençait à chuchoter que cette histoire de baptême c'était une belle arnaque. Cette petite fête avait été organisée pour faire passer la pilule, pour faire croire à une promotion, et moi j'étais tombé dans le panneau comme un bleu. Quand ils ont décidé de déménager à six mille kilomètres d'ici, je n'avais plus mon mot à dire, je n'étais plus que le parrain. En fin de soirée, on a eu Jim sur la tablette de ma mère, qu'il appelait encore mamie Véronique et ça la gênait, ma mère, parce qu'elle ne l'avait pas vu depuis plus de deux ans. Mes parents, eux, n'auraient pas été contre une officialisation de leur changement de statut, une rétrogradation en bonne et due forme, un retour à la normale, où Jim ne serait donc plus que l'enfant de l'ex de leur fils. Au fil des années ils avaient pourtant fini par accepter de le considérer comme leur propre petit-fils, mais après mon départ à Lyon et les révélations sur Christophe, ils avaient recommencé à se présenter comme un couple dont les enfants n'en avaient pas. Et il n'était pas prévu que ça change dans l'immédiat. Ma sœur et Antoine n'en voulaient pas. C'était un sujet qu'on avait arrêté d'aborder en famille. Oh, laissez-nous tranquilles avec ça. Après l'échange Facetime avec Jim, Aurélie a sorti un jeu de cartes, même pas un jeu de belote mais un jeu de Uno, comme quand j'avais douze ans et qu'on partait camper tous les quatre en Ardèche et qu'à la nuit tombée on se réunissait autour de la table pliante bleue avec bancs intégrés, celle qui se transportait comme une valise, et qu'on tapait deux trois parties avant d'aller s'enfermer dans nos tentes. Pour vous dire à quel point ce réveillon de Noël était placé sous le signe de la régression, Aurélie et moi on n'a pas gagné une seule partie, c'est les parents qui ont tout raflé. Le 25 je bossais à treize heures, tant pis pour les coquilles Saint-Jacques. Je suis rentré tout seul à Lyon, et tant qu'à faire j'ai glissé dans l'autoradio un vieux CD, un cadeau de Jenny, son tout premier cadeau, un album d'Eros Ramazzotti. À chaque fois que Flo tombait dessus, elle baissait la vitre et faisait mine de le balancer dehors. Elle ne comprenait pas que je m'accroche à cette merde. La vérité c'est que j'aimais bien l'écouter de temps en temps, quand j'étais seul en voiture. Rien de tel pour faire remonter les saveurs de cette première histoire et des années lycée.

18

J'avais beau ne pas être ce qu'on appelle un lève-tôt, je préférais être du matin que du soir, ça flinguait moins ma journée, et puis quand je ne m'étais pas couché trop tard j'aimais me réveiller en pleine nuit. J'aimais ce moment où on respire, bouge la tête, se déplace au ralenti, je quittais mon lit et rejoignais la cuisine en marchant sur la pointe des pieds, comme s'il y avait encore le sommeil de Flo ou d'une autre à préserver, je n'allumais pas le plafonnier mais seulement le néon au-dessus de l'évier, je lançais la cafetière et j'attendais assis face aux trois cartes postales qui se battaient sur le mur blanc. J'éprouvais une sensation de douceur et aussi de liberté qui n'allait pas durer bien sûr, mais j'aimais ce décalage : le monde endormi, les rues désertes, et moi déjà en action. Ça continuait dehors, quand j'évoluais sur le trottoir feutré en direction de l'arrêt de bus, et encore à l'intérieur du bus où je ne côtoyais que des travailleurs qui rentraient se coucher et d'autres comme moi qui commençaient de bonne heure. À cinq heures et demie le grand hall de la gare Part-Dieu était absolument silencieux, on était quatre en magasin pour assurer l'ouverture à six heures moins le quart. Quelques mois plus tôt j'avais été promu premier vendeur, si bien que je ne me chargeais plus que du remplissage et de la présentation des vitrines, je n'étais plus jamais en caisse, même s'il m'arrivait d'aider pendant les coups de bourre, ce qu'on appelait le back-up : un employé polyvalent encaissait les clients pendant qu'un premier vendeur ou un assistant manager préparait la commande. À l'heure de l'ouverture on était encore tranquilles, on n'avait besoin que d'une personne en caisse, un deuxième employé polyvalent s'occupait de fabriquer les sandwichs à la chaîne, c'était toujours des femmes à ce poste, toujours des étrangères, des Africaines dont on n'entendait jamais le son de la voix. Entre six et sept heures le grand hall se remplissait et s'animait peu à peu : des clochards et des types bourrés qui chantaient ou qui gueulaient, des agents de nettoyage qui bavassaient en rejoignant leur local dont ils ressortaient cinq minutes plus tard aux manettes de leurs grosses machines ronflantes. Les enseignes et les devantures des autres magasins s'illuminaient les unes après les autres, les premières annonces d'arrivée des trains en gare, les premiers voyageurs, les premières files d'attente devant la boutique, et c'en était fini de l'ambiance molletonnée. À partir de huit heures la gare était bondée et se transformait en une arène grouillante et assourdissante dont je ne ressortais que cinq heures plus tard, vidé, à sec, et il me fallait toujours un petit temps avant de pouvoir de nouveau être utile à quelque chose ou quelqu'un, répondre au téléphone, parler, penser, laissez-moi trente secondes ou même une minute pour souffler tout en avançant sur le trottoir le long des immeubles vitrés en direction du cours Lafayette, voilà, maintenant c'est fini, je suis sorti, je n'y pense déjà plus, j'ai tout oublié, je peux reprendre ma vie là où je l'ai laissée huit heures plus tôt. Reprendre ma vie ça voulait dire rentrer dans mon vingt-six mètres carrés et consulter les derniers résultats sportifs en espérant un but ou même un doublé de notre vedette saint-claudienne, laquelle, après Saint-Étienne, avait rejoint l'Allemagne et le club de Hanovre, où Mevlüt n'avait joué qu'une dizaine de matchs avant de revenir en France, sous forme de prêt, d'abord à l'En Avant Guingamp, puis au Football Club de Metz. Ensuite j'allumais la radio et j'attendais le soir pour téléphoner à Jim. Le seul changement c'était que je ne comptais plus les jours, tout bêtement parce qu'il y en avait trop qui nous séparaient de l'été et plus précisément du mois d'août, où il était prévu que je leur rende visite à Montréal.

C'est au mois de mars que j'ai commencé à m'inquiéter. Enfin, non, je ne me suis pas tout de suite inquiété, mais c'est en mars que nos conversations ont commencé à s'espacer. Il ne répondait plus toujours à mes appels, ou bien c'était Florence qui décrochait et elle me disait que Jim était occupé, qu'il faisait ses devoirs avec Christophe ou qu'il jouait avec des copains. Quand je réussissais à avoir Jim, il me garantissait pourtant que ce n'était pas le cas du tout, qu'il n'avait aucun ami, qu'il voulait rentrer en France et vivre avec moi. J'étais désemparé à l'autre bout, à six mille kilomètres de distance je ne pouvais pas savoir qui disait la vérité, et comme un con j'ai préféré croire Florence. Je me persuadais que Jim me racontait tout ça pour ne pas me faire de la peine et qu'en réalité il commençait à se faire à sa nouvelle vie. Florence était assez convaincante, elle me donnait des exemples précis, m'envoyait des photos de lui au foot ou avec d'autres gamins dans sa chambre — et je lui étais reconnaissant de m'épargner celles où Christophe lui apprenait à faire du roller sur les berges du Saint-Laurent. C'était plus simple de choisir la version positive, celle qui me déculpabilisait. Et puis j'avais une copine à ce moment-là, enfin ce n'était pas une vraie relation puisqu'elle avait un mec, elle était étudiante et je ne saurais plus vous dire en quoi, elle était plus jeune que moi et bossait au Starbucks qui venait d'ouvrir en face de la boutique PAUL. Si bien que j'étais moi-même moins disponible pour Jim. Il n'était plus ma seule obsession, et je dois admettre que ça me faisait du bien. Alors j'étais plus facile à berner, forcément. Je ne m'étonnais pas que Florence soit désormais toujours présente à ses côtés pendant nos échanges. Et j'ai gobé comme un idiot le fait qu'elle s'était chargée elle-même de la réservation de mes billets d'avion, et qu'elle me les offrait, que c'était un cadeau de leur part à tous les deux. Voilà pourquoi je ne me suis pas inquiété plus tôt.

Il ne restait qu'un mois avant que j'aille les voir et on ne s'appelait plus qu'une fois par semaine. Il y a eu cette histoire de déménagement, ils ont changé d'appartement et Florence prétendait ne pas connaître par cœur sa nouvelle adresse et me promettait de me l'envoyer par écrit, et je ne recevais jamais rien. Et Aurélie me disait que ça n'avait pas d'importance puisqu'elle viendrait me chercher à l'aéroport, mais moi je voulais savoir dans quel quartier ils étaient maintenant, pour regarder sur un plan et pour voir des photos, pour me faire une idée des lieux, et Florence changeait toujours de sujet ou bien elle raccrochait aussitôt avant de m'écrire le surlendemain que la batterie de son téléphone n'avait plus aucune autonomie. Quand je lui demandais de me passer Jim, ce n'était jamais possible, il était sans arrêt invité à manger chez des copains de classe, oui, tu sais on ne le voit pas beaucoup, il est toujours à gauche à droite, parfois c'est une maman qu'on ne connaît même pas qui nous appelle en fin de journée pour qu'on vienne le récupérer. J'étais donc censé me représenter la vie à Montréal comme celle qu'on mène dans un patelin d'une cinquantaine d'habitants, où on passe d'une maison à l'autre sans que ça ne pose de problème à personne. Et puisqu'ils venaient de déménager, je trouvais quand même étonnant que Jim se comporte de la sorte dans son nouveau quartier. Et puis cette nouvelle adresse qui n'arrivait toujours pas, et toujours aucun signe des billets d'avion. Je vais te les envoyer demain. Et pourquoi pas aujourd'hui, alors ? Je te les envoie ce soir, promis. Mais je sentais rien qu'au ton de sa voix qu'elle ne le ferait pas, rien qu'à sa manière de me parler je comprenais qu'elle n'était pas sincère, qu'elle jouait avec moi, qu'elle se foutait de ma gueule, qu'elle me menait en bateau. Je l'ai rappelée le soir même et je l'ai rappelée le lendemain, plusieurs fois, et je tombais toujours sur sa messagerie. Je l'ai appelée dix fois par jour pendant une semaine, et j'appelais aussi sur le portable de Christophe au cas où c'était vraiment un problème de téléphone, et à eux deux j'ai dû leur laisser quatre-vingt-dix messages. Je n'obtenais pas plus de réponse à mes appels Facetime ni à mes mails et ça me rendait complètement dingue. Je ne dormais plus parce que je me demandais carrément s'il n'était pas mort. Je ne supportais plus de rester seul chez moi et je débarquais chez ma sœur sans prévenir. Parfois elle n'était pas là et je tenais la jambe à Antoine pendant des heures en enchaînant les bières et en l'écoutant me rassurer car d'après lui, avec tout ce que je lui racontais, Jim était en vie. Parce que l'éloignement avait été progressif. Ce n'était pas comme si Florence avait coupé brutalement, du jour au lendemain. Pourtant, si, elle avait coupé du jour au lendemain. Oui, mais elle avait préparé le terrain, tu me dis qu'elle se comportait bizarrement depuis plusieurs mois déjà... Mais peut-être que Jim est malade, peut-être qu'il a un cancer ou une maladie de ce genre-là. Et pourquoi elle ne voudrait pas te le dire ? Mais j'en sais rien, moi.

Le jour de mon départ pour Montréal a fini par arriver. Le numéro de Florence a fini par ne plus être attribué. Je me contentais de leur envoyer des mails, et Antoine et ma sœur me conseillaient d'arrêter de les harceler, qu'un mail de plus ou de moins n'y changerait pas grand-chose. Je ne les ai pas écoutés et j'ai bien fait puisque j'ai fini par recevoir une réponse. De Florence. Quelques lignes pour me dire qu'elle comprenait ma détresse et qu'elle s'en voulait de m'infliger ça mais qu'elle avait dû faire un choix, que c'était pour le bien de Jim et pour leur bien à tous les trois, et qu'il fallait vraiment que j'arrête de chercher à les joindre, qu'il fallait que je tourne la page, que je les laisse entre eux, que je les oublie, et elle terminait en s'excusant, puis en s'excusant de s'excuser puisqu'elle se doutait que ça m'agacerait mais elle était certaine que le temps me permettrait d'accepter et que je réussirais à me reconstruire. Mais quelle horreur. Que je réussirais à me reconstruire... et pourquoi pas à rebondir, tant qu'on y était ? J'ai continué à lui écrire tous les jours du mois d'août, tous ces jours où j'aurais dû être avec eux, chez eux. Bah oui, j'avais que ça à foutre de mes vacances. Un mois complet, le grand luxe. J'avais dû empiler des semaines à plus de cinquante heures pour l'obtenir. Et j'avais passé les six premiers mois de l'année à fanfaronner qu'il n'y aurait pas un seul jour en août où on me verrait dans cette putain de gare. Maintenant tous mes collègues m'imaginaient là-bas, de l'autre côté de l'Atlantique. Si j'en croisais un en ville, j'allais passer pour le roi des mythos.

Dès que je sortais je prenais soin d'éviter le quartier de la Part-Dieu. Dès que je sortais c'était avec une bière forte à la main, ou c'était pour aller en acheter une à la station BP à deux cents mètres de chez moi et parfois je me l'enfilais sur place, dans le coin de la boutique, près des machines à café, accoudé à la petite table haute et ronde en aluminium comme sur les aires d'autoroute. Je sifflais ma pinte à huit degrés en assistant au défilé des voitures qui venaient faire le plein d'essence et j'en rachetais une avant de partir et je marchais au ralenti jusqu'aux quais du Rhône où je me posais à côté d'un Roumain qui pêchait avec des morceaux de Knacki. Le mec n'attrapait rien, alors je lui conseillais d'aller plutôt dans les bassins du quartier de la Confluence où j'avais souvent vu des types pêcher comme à la fête foraine, à peine le temps de t'allumer une clope que ton bouchon a plongé, mais le mec ne comprenait pas la moitié de ce que je lui expliquais et je finissais par aller m'étaler dans l'herbe ou sur un transat en bois juste à côté des aires de jeux pour enfants et je dormais pendant deux ou trois heures et Aurélie me rejoignait en fin de journée et on bouffait des nems enveloppés d'une feuille de salade dans un fast-food chinois avant d'aller picoler sur une péniche où personne ne nous emmerdait jamais puisqu'on nous prenait pour un couple, on avait l'habitude.

J'avais la haine, ça pouvait se comprendre, je ne me voyais pas lâcher l'affaire, je n'avais pas du tout l'intention de me rendre. Je me disais que j'allais prendre l'avion et que j'allais débarquer chez eux à l'improviste. Je me disais que je pourrais même m'installer là-bas. J'emménagerais juste à côté de chez eux et je ferais comme si de rien n'était. Et puis tu te déguiserais et tu postulerais pour le poste de nourrice comme dans *Madame Doubtfire*, proposait Aurélie. Sauf que Jim, à son âge, n'avait plus besoin d'une nounou.

Je regrettais de ne pas avoir tué Christophe, tiens. Je disais à ma sœur qu'on aurait dû le faire, qu'on n'avait pas été assez méchants. J'avais accepté le retour de Christophe et de me barrer à Lyon et de les laisser vivre tous les trois sous le même toit, et à ce moment-là j'avais eu l'impression d'avoir réussi à prendre les devants, de ne pas m'être laissé porter par les événements mais d'avoir agi par moi-même. Finalement j'avais créé les conditions de leur fuite, je leur avais permis de se casser dans mon dos. Voilà que je me remettais à chialer comme une merde. On avait beau être au mois d'août Aurélie avait toujours un mouchoir à me donner. Et tout à coup je n'y croyais plus. Je ne croyais plus à aucun de mes plans. De toute façon je n'y arriverais pas. Je savais très bien que je ne le ferais pas. Ils ne veulent plus de moi, tant pis pour ma gueule, c'est comme ça, qu'est-ce que tu veux que je fasse. Je vais me pointer à Montréal et je vais arrêter tous les gens dans la rue en leur montrant une photo de Jim ? Si ça se trouve ils n'habitent même plus à Montréal. Et quand bien même je les retrouverais, qu'est-ce qui se passerait ? On attraperait le gamin chacun d'un côté, moi par les mains et Christophe par les pieds, et on tirerait comme des bourrins jusqu'à ce qu'il y en ait un qui cède ? Je ne suis pas comme ça. Ce n'est pas dans mon tempérament. Quand on ne veut pas de moi, je n'insiste pas. C'est peut-être lâche de ma part mais c'est ma manière de faire, je ne peux pas aller contre, ça n'aurait pas de sens. J'avais tellement bu que ma sœur me ramenait chez elle et me couchait dans le canapé du salon. Je recommençais le lendemain matin avant qu'elle parte bosser, et comme j'avais peur de les soûler tous, ma sœur, Antoine et leurs potes, je me suis mis à chercher d'autres personnes auprès desquelles me confier. J'ai rappelé Jasmine, l'anesthésiste, elle a été parfaite. Non mais c'est dément ce que tu me racontes, c'est ce qu'on appelle le coup de pute du siècle. Ça me faisait du bien d'entendre des choses comme ça. Et puis je n'avais même pas l'impression qu'elle se forçait. J'avais l'impression que mon histoire intéressait réellement les autres, parce qu'elle était simple à comprendre et aussi parce qu'elle était tellement cruelle. Leur intérêt et leur empathie sonnaient juste. Et puis ce n'était pas trop angoissant non plus, ce n'était pas comme l'histoire de Christophe qui perd sa femme et ses deux gosses. La mienne était plutôt comme un conte, avec des rôles clairement définis : le gentil père adoptif déchu d'un côté et les deux affreux parents biologiques de l'autre. En tout cas, ça me faisait du bien de présenter les choses comme ça, abrégées, sans nuances. Ça m'aidait à ne pas sombrer totalement, du moins les premiers temps.

19

À la reprise en septembre j'ai fait semblant d'être allé au Canada et je me suis scandalisé d'apprendre qu'ils n'avaient toujours pas reçu ma carte postale, mais j'avais l'impression qu'ils lisaient tous dans mon jeu et je me trouvais ridicule. J'ai essayé de faire comme si tout allait bien mais Laurent, le directeur, a fini par se rendre compte que ça ne tournait pas rond et je lui ai tout avoué, jusqu'à en arriver à la conclusion que je n'avais plus d'énergie, que j'étais vidé et que je ne pouvais plus venir bosser. On s'était toujours bien entendus et j'ai pu négocier une rupture conventionnelle. J'ai arrêté un vendredi soir et il n'y a pas eu de pot de départ, pas de discours, personne n'a versé sa larme. Ça faisait plus de dix ans que je ne m'étais pas inscrit au chômage et j'ai prétendu auprès de mon conseiller vouloir me reconvertir dans l'astronomie, oui, l'observation des planètes et des trous noirs, comme ça je pouvais toujours attendre les offres. Je voulais juste qu'on me laisse profiter de mes indemnités et des allocs et qu'on ne me fasse pas chier. J'ai fêté le virement de mon épargne salariale à la bière à huit degrés, mille balles dans la caisse. Je tournais à une dizaine de canettes par jour, si bien qu'en descendant mes sacs-poubelle je les trouvais toujours étonnamment légers — et si je m'amusais à les secouer ils se mettaient à sonner comme des maracas géantes. J'avais la sensation physique du tapis qu'on tirait sous mes pieds, du monde qui se défilait, de mon existence qui m'échappait. Depuis sa naissance je ne vivais qu'à travers ce gamin qui n'était pas le mien, je lui avais tout cédé, ce môme avait tout écrasé, il avait annulé chez moi toute ambition professionnelle, il était devenu plus important que tout ce que j'avais connu jusqu'alors, il avait rendu tout le reste sans intérêt. J'espérais chaque jour avoir de ses nouvelles, je n'arrivais pas à penser à autre chose, il m'obsédait encore plus maintenant que je ne pouvais plus le voir ni l'entendre, je passais mon temps à me demander comment il vivait la situation et je ne pouvais pas croire qu'il n'en souffrait pas, tout ça me semblait fou et j'étais complètement perdu, dépassé, tellement faible, je m'en voulais de ne pas être capable de faire plus mais je ne voyais pas du tout ce que je pouvais entreprendre, j'avais honte d'être aussi coincé, d'être aussi impuissant. Je n'avais plus le goût de rien. Je ne touchais plus à mon appareil photo. J'ai passé des mois à ne plus répondre au téléphone hormis à ma frangine, à dormir et à me laisser harponner par ces putains de rêves de merde. Jim me hantait jusque dans mes rêves, une nuit sur deux je rêvais de lui ou de Florence ou bien de nous trois, une situation toute simple, à Bellecombe, dans le jardin fleuri, avec la silhouette de Monique en arrière-plan. On partageait un beau moment, on riait et on se prenait dans les bras et toute la journée qui suivait je n'arrivais pas à me défaire de ces putains d'images et de sensations. J'avais tout gardé, les odeurs, les saveurs, les voix. Je n'en pouvais plus de ces rêves qui venaient sans arrêt foutre le bordel et qui me faisaient ruminer et culpabiliser, bah oui, j'avais tout foiré, je n'avais fait que des mauvais choix. Je préférais encore les rêves conflictuels, les rêves où Jim m'ignorait ou me riait au nez, les rêves où Florence et Christophe s'embrassaient sous mes yeux et où je ne le supportais pas, des situations qui me rendaient malheureux à l'intérieur même du rêve mais dont je mettais moins de temps à me débarrasser après le réveil. Parce que je m'en foutais de ce qui se passait entre Florence et Christophe, je m'en foutais vraiment, et puis c'était la réalité. Je préférais les rêves où Christophe existait à ceux où il n'était pas là. Je préférais voir Christophe et Florence s'embrasser et faire l'amour plutôt qu'être à sa place à lui et au réveil et parfois pendant plusieurs jours éprouver le manque de sa peau, de sa bouche, de ses seins, de son ventre, de son sexe contre ma langue, de ses gémissements, du velouté de sa voix après l'amour, alors que tout ça n'existait plus pour moi. Je préférais les rêves dont je ne souffrais pas trop au réveil à ceux qui me faisaient revivre un passé révolu ou miroiter un ailleurs impossible. Je préférais les rêves quotidiens, les rêves idiots, les rêves banals, les rêves où j'étais tout seul chez moi à éplucher mes patates en regardant les infos. C'était toujours plus facile d'enchaîner après une nuit vaseuse, toujours plus facile de mettre le nez dehors quand je me réveillais à peu près dans le même état d'esprit que la veille au moment de sombrer. Au moins je me reconnaissais, au moins il y avait un semblant de continuité. Au moins j'étais fidèle à mon personnage, celui dont je traînais les guêtres depuis des mois, avec ces biberons de mousse alcoolisée et cette tristesse qui ne voulaient plus me quitter.

Je n'avais plus reçu le moindre signe de vie de Jim ni de Florence depuis plus d'un an quand je me suis décidé à me créer un compte Facebook. J'avais longtemps été réfractaire, oh, sans raison particulière, j'étais contre par principe. La première personne que j'ai cherchée c'était évidemment Jim, mais il y avait peu de chances pour que je le trouve, il était trop jeune, trop petit pour avoir son propre compte, et en plus de ça Facebook était déjà un truc de vieux — Jim ne passerait peut-être jamais par là, il appartenait à la génération d'après. Pour Florence je ne me faisais pas d'illusion, on avait commencé par être contre ensemble et je l'imaginais mal être revenue sur sa position. Aucun résultat non plus pour son frère, ni pour Christophe, et j'ai commencé à me dire que plus personne n'utilisait Facebook sur Terre et que j'étais arrivé trop tard. Mais en poursuivant un peu mes investigations je suis devenu ami avec ma sœur, qui n'a pas manqué de s'offenser de ma présence en ces lieux. Comme quoi, tout arrive, j'ai répondu. J'ai aussi trouvé Jenny, avec qui j'ai passé deux heures à échanger quelques messages tout en likant ses photos de vacances avec ses deux fils et ses liens vers des vidéos alarmistes sur le gavage des oies dans le Gers. Je n'ai pas trouvé Léa, j'ai pensé qu'elle s'était peut-être mariée et qu'elle avait changé de nom. J'ai repris contact avec des copains du collège et du lycée, des types que j'avais totalement perdus de vue et ça me faisait plaisir d'avoir de leurs nouvelles, de savoir un peu ce qu'ils étaient devenus ou simplement de revoir leurs tronches avec vingt ans de plus, c'était même émouvant, j'en avais parfois les larmes aux yeux, bon, l'alcool et la musique de Nino Rota n'y étaient pas pour rien.

Oui, parce que j'avais fini par le regarder ce putain de film, ou plutôt ces trois putains de films, la trilogie du *Parrain*. Je ne saurais même pas vous dire ce que j'en ai pensé. Je ne les ai pas détestés, mais je les ai peut-être découverts trop tard. Ils m'auraient évidemment beaucoup plus marqué si je les avais vus à quinze ans. Ce qui m'a le plus touché ça a été de retrouver la musique qui avait accompagné ma sortie de la mairie de Bellecombe, avec Jim sur mes épaules. J'ai aussitôt téléchargé l'intégrale des trois albums et je les ai écoutés en boucle pendant des jours, des semaines, des mois entiers. Ça me suivait partout. C'était devenu la bande originale de ma vie.

C'est d'ailleurs le tout premier lien YouTube que j'ai publié sur Facebook : Nino Rota – *The Godfather Waltz*.

20

Je me suis remis à bosser au bout d'un an à peu près. Des missions dans la grande distribution en veux-tu en voilà : Auchan, Carrefour, Darty, Monoprix, Décathlon, j'en oublie. Des missions en usine à Saint-Fons, Saint-Priest, Chassieu. Trois mois chez Renault Trucks à Vénissieux. Un chantier de construction d'immeubles résidentiels à Vaulx-en-Velin. Des ménages de nuit à l'Hôpital Femmes Mères Enfants à Bron. De la peinture sur des péniches de croisière pour vieux riches qui descendent le Rhône jusqu'à Martigues. Je me suis littéralement enfermé dans le boulot. Je ne communiquais plus qu'à distance, et n'empêche qu'entre les Lyonnais, les potes de ma frangine, les anciens camarades de classe, les collègues de boulot et la famille plus ou moins éloignée, j'ai fini par approcher les deux cents amis sur Facebook. Ça me semblait énorme. Dehors, dans la vie réelle, je ne parlais plus à personne. Avec certaines femmes, des employées permanentes, un petit trouble pouvait s'installer dans les ateliers ou en salle de pause, mais je partais toujours trop tôt, sans même dire au revoir. Je n'avais pas envie d'écouter, de m'intéresser, de sortir ou d'aller au cinéma. Je voyais un peu ma sœur, mais seulement en tête à tête. Aurélie n'était plus avec Antoine, elle avait quitté la coloc et s'était trouvé un appartement dans le premier arrondissement, en bas des pentes de la Croix-Rousse. Elle adorait son nouveau quartier, celui des saunas gay et des friperies, et elle continuait à m'inviter chez elle quand elle organisait une fête, ou à ses concerts ou ses DJ sets au Sucre, la salle où elle bossait, mais je préférais rester chez moi.

Trois ans ont passé avant que je commence à refaire surface, trois ans à mariner dans mon bocal, trois ans sans aucune nouvelle de Jim. De l'avis d'Aurélie comme de mes parents j'avais meilleure mine, bah tiens. Et puis je me remettais à répondre au téléphone, à me rendre aux repas de famille. Je revoyais quelques potes du Jura, des types qui étaient restés dans la région et qui n'en partiraient pour rien au monde, ce que j'arrivais très bien à comprendre. J'ai même réussi à trouver la force d'intégrer la petite foule d'amis de ma sœur, dans son salon, pour une longue nuit à boire et danser jusqu'au lendemain matin. C'est comme ça que j'ai rencontré Olivia.

Le soleil venait à peine de se lever, et je n'avais pas dormi depuis plus de vingt-quatre heures. On était assis tous les deux dans la cuisine, et elle ne savait pas chez qui elle était. Elle avait suivi des amis, dont un qui connaissait Aurélie, et elle ne le regrettait pas étant donné la qualité du son, comme elle disait. Je ne me suis pas fait passer pour un spécialiste de la musique électronique, surtout pas. Sans aller jusqu'à lui confier que j'étais en dépression depuis trois ans, je lui ai avoué que je n'étais pas vraiment un fêtard en vérité. Olivia, par contre, sortait tous les week-ends. Depuis deux ans son endroit préféré c'était le Petit Salon, où la fréquentation était vraiment très jeune mais ça ne la dérangeait pas, sauf le jour où elle y avait croisé David, un de ses élèves, là ça lui avait fait tout drôle. Mais madame, qu'est-ce que vous faites là ? Elle s'était toujours crue à l'abri de ce genre de rencontre, puisqu'elle ne travaillait pas à Lyon mais à cent bornes d'ici, à Oyonnax. Oyonnax ? Je suis de Saint-Claude, moi. Elle connaissait très bien Saint-Claude, elle y avait fait des remplacements au Pré-Saint-Sauveur, où j'avais passé sept ans, de la sixième à la terminale. Elle était prof de français au lycée Paul-Painlevé et faisait les trajets en voiture tous les jours, en partant parfois à six heures du matin. Elle était bien à Lyon et n'avait jamais envisagé d'aller vivre à Oyonnax, même si elle n'avait rien contre la campagne, puisqu'elle avait grandi en Savoie. Elle avait deux ans de plus que moi, ce qui lui en faisait quarante, et je lui aurais donné moins si on m'avait posé la question, je lui en aurais donné plutôt trente-cinq.

Quand je lui ai parlé de mes missions d'intérim

j'ai eu peur de la décevoir, ou qu'elle ait une réaction un peu surplombante, mais ça n'a pas été le cas. Elle a rebondi en évoquant le Japon, un pays auquel elle s'intéressait beaucoup et où il existait un nom spécifique pour les personnes qui multipliaient les boulots dans la vente et dans les services pour des salaires miteux, on les appelait des freeters. Un phénomène très important là-bas, et qui allait avoir un impact énorme sur la démographie du pays dans les prochaines années puisque tous ces gens n'avaient pas les moyens de fonder une famille. D'ailleurs, toi, t'as pas d'enfants, tu vois... C'était le moment parfait pour sortir Jim de sa boîte.

Mais je ne l'ai pas fait. Comme si je pressentais que pour être capable de me réinventer dans une nouvelle relation, il ne fallait pas que je fasse exister cette histoire.

On s'est revus quelques jours plus tard. On s'est présenté nos appartements. Elle non plus n'avait pas d'enfants. Ça ne me dérangeait pas de lui dissimuler ce pan de ma vie, donc de lui mentir, après tout on ne se rencontrait pas à vingt ans, on avait eu l'un comme l'autre des aventures, des relations plus ou moins longues, on avait chacun nos zones d'ombre. Elle m'a traîné au Petit Salon, donc, et aussi au Terminal, et à chaque sortie j'avais l'impression de m'alléger, de me détendre un peu plus. Je retrouvais une forme de désinvolture, comme disait ma sœur, je retrouvais mon humour, je retrouvais ma bêtise aussi parfois, mais c'était le genre de bêtise qui ne fait de mal à personne, bien au contraire. Je retrouvais de la force, de l'énergie, de la résistance, de l'endurance. Après cinq heures à se rouler des pelles et à sauter dans tous les sens sur de la techno hardcore entourés de gamins qui avaient la moitié de notre âge je pouvais encore lui courir après dans la rue puis zigzaguer sur mon vélo tout en piquant des fous rires, et je n'aurais jamais pensé être capable de revivre ce genre d'expérience — et c'était peut-être même une première, car avec Jenny c'était beaucoup plus sage et avec Florence ça avait tout de suite été très familial. Entre nous c'était, comment dire, peut-être enfantin, peut-être adolescent, peut-être puéril, mais je ne ressentais aucune impression de ridicule ni quoi que ce soit de ce genre. Je comprenais bien ce qu'elle venait chercher dans ces endroits, au contact de cette musique et de tous ces mômes, je comprenais ce besoin d'abandon, de lâcher-prise, de dépassement, aussi, ce n'était pas plus compliqué que ça — comme d'autres prennent de l'héroïne ou courent des marathons. Et puis elle me disait que ça l'aidait dans son boulot, que ça l'aidait à comprendre ses élèves, même si elle n'en parlait pas avec eux, elle ne jouait pas les profs copines, non, mais au moins elle avait l'impression de savoir un peu qui était en face d'elle en classe, qui étaient les jeunes d'aujourd'hui. Elle m'a raconté un échange avec un collègue qui en était encore à croire que la jeunesse écoutait du rock. Tu te rends compte, le mec a dit du rock ? La musique de leurs grands-parents, quoi… Et j'ai pensé à Flo. Qui avait l'âge d'être grand-mère, désormais. Je me suis demandé quelle musique pouvait bien écouter Jim. Est-ce qu'il écoutait la même chose que les gamins de son âge ? Est-ce qu'il réussissait à s'affranchir des références de sa mère ?

Mais il fallait que j'arrête avec Jim. Je réalisais que les meilleurs moments que je passais avec Olivia étaient les moments où il n'existait pas. Quand il réapparaissait, ça venait toujours casser quelque chose, briser un élan, c'était toujours chiant, ça finissait par s'apparenter à une mauvaise pensée. Ce n'était plus seulement sa présence dans mes rêves qui foutait le bordel mais sa présence dans ma mémoire. Il fallait que je l'oublie, il fallait que je l'efface de mes souvenirs. Et j'ai informé ma sœur, mes parents, mes amis, toutes les personnes qui m'avaient connu avec Jim, que je n'en avais pas parlé à Olivia. Ça n'avait pas l'air de les étonner. Dans le cas de mes parents ça leur faisait même plaisir. Je ne voulais plus entendre parler de lui, maintenant il fallait faire comme s'il n'existait pas, comme s'il n'avait jamais croisé ma route, il fallait faire comme on fait avec un sujet sensible, comme ils avaient toujours fait avec la prison. Personne ne me parlait jamais de mon séjour en taule, sauf en tête à tête, et encore. On ne voulait pas me ramener à ce triste épisode. Eh bien voilà, Jim rejoignait la catégorie des événements malheureux, des accidents, des périodes noires, celles qu'on essaie d'enfouir au plus profond de sa mémoire en espérant qu'elles finiront par se désintégrer, tout en sachant pertinemment que ça n'arrivera pas, mais bon, on ne va pas s'arrêter de vivre pour autant.

Avec Olivia on a passé presque un été entier chez mes parents. Comme chaque année ils partaient au Grau-du-Roi, dans un camping où ils louaient un bungalow avec un autre couple. Ça les arrangeait bien parce qu'il leur fallait quelqu'un pour nourrir les chats, arroser les géraniums, ramasser les salades et les courgettes, relever le courrier et éventuellement dissuader les cambrioleurs. Et puis avec cette chaleur étouffante en ville t'as meilleur temps d'être ici, me disaient les habitants du quartier, qui pour certains me connaissaient depuis que j'étais tout petit puisque c'était la baraque dans laquelle j'avais grandi. J'y avais toujours ma chambre, à l'étage, mitoyenne de celle d'Aurélie, mais je ne m'y sentais pas bien, ce n'était plus vraiment ma chambre, c'était comme une pièce morte, un corps vidé de sa substance, et j'ai finalement décidé de squatter celle de mes parents. De toute façon on dormait souvent dehors, la journée on allait se balader, autour d'Ilay et son lac sauvage avec sa petite île qu'on gagnait à la nage. Notre deuxième spot c'était le lac de Vouglans, au bord duquel on dénichait des criques qui nous donnaient l'impression d'être à Tahiti ou dans un endroit de ce genre. On apportait de quoi fabriquer un feu et deux truites achetées en chemin à Super U mais issues de piscicultures locales et qui étaient déjà vidées et qu'on traversait avec une branche de noisetier taillée à l'Opinel de la bouche à la queue et qu'on faisait cuire au-dessus des braises. Plus on attendait et plus la cuisson s'apparentait à du fumage, et alors là on s'extasiait devant de telles saveurs. On arrosait ça de bière et de rosé en cubi et on s'endormait face au ciel étoilé au son des sauterelles, des chouettes et des vaguelettes qui léchaient le rivage. Il arrivait que les nuits soient fraîches alors on finissait par aller s'enfermer dans la voiture et pour se réchauffer on faisait l'amour et après l'amour on se prenait dans les bras et on restait un long moment serrés l'un contre l'autre, ça n'avait rien à voir avec la température, c'était son truc à Olivia, un rituel qu'elle imposait, de rester enlacés après avoir baisé, c'était toujours comme ça avec elle. On est revenus en hiver, pour se balader en forêt et marcher sur les lacs gelés. On s'est fait des soirées raclette chez d'anciens collègues de boulot, dont certains qui étaient même présents le jour du baptême. Mais il n'y avait jamais de gaffe, ça se passait toujours bien. Mes potes étaient presque tous en couple avec des enfants, d'un côté je n'enviais pas leur vie et d'un autre côté, quand je me retrouvais tout seul dans mon studio à Lyon, je ne me sentais plus trop à ma place.

Si ce n'est pas trop grotesque de le dire comme ça, je crois que je redevenais peu à peu un gars du Jura. Un gars de la campagne, quoi. Je me rendais compte que la nature, et cette nature-là en particulier, comptait beaucoup pour moi. Ou du moins j'éprouvais une forme de besoin de m'y frotter régulièrement, de plus en plus souvent. Alors que je n'avais jamais été jusque-là le genre de type à revendiquer ses origines rurales, voilà que je me découvrais une sensibilité sur le sujet. Ça faisait plus de sept ans que je vivais à Lyon, et je ne m'y étais jamais senti aussi étranger. Il m'avait donc fallu attendre tout ce temps pour que je me mette à railler les copains de ma sœur qui n'avaient pas le permis. Et sinon, tu sais faire du vélo sans roulettes ? Et quand je traversais une place de centre-ville en terre battue où quelques étudiants s'adonnaient à une partie de pétanque et qu'il n'y avait pas une boule à moins d'un mètre du cochonnet, je ne pouvais pas me retenir de pouffer, et de pouffer fort, en espérant qu'ils m'entendent, qu'ils comprennent et qu'ils souffrent dans leur chair d'être d'aussi mauvais pointeurs, qu'ils aient honte d'être eux-mêmes et qu'ils regrettent de ne pas être moi, un gars qui savait jouer aux boules, lui, et même au baby-foot et aux fléchettes. Avec tous les clichés que les citadins déversaient sur nous, on pouvait se rattraper un petit peu, non ? Oh, on avait de la marge. Ils n'aimaient pas ça, les gens de la ville, se faire chatouiller par les bouseux. Pas plus qu'on aimait être considérés comme des arriérés par les citadins branchés. Faut croire qu'on ne pouvait pas s'en empêcher, d'un côté comme de l'autre.

Je connaissais Olivia depuis un peu plus de deux ans quand le grand-père de Greg, un copain avec qui j'avais bossé chez Perma-Serap, a cassé sa pipe. C'était un ancien paysan et il possédait en plus de sa ferme une petite baraque dont il n'avait jamais voulu se défaire dans le village de Prénovel. Greg m'a aussitôt contacté. Trois heures plus tard j'étais sur les lieux. Le bâtiment n'avait pas été aéré depuis au moins quinze ans, toutes les fenêtres étaient condamnées avec des moellons mal cimentés, la moitié du toit était écroulée. Je t'avais prévenu, il y a du boulot. Au pire, ça pouvait intéresser un agriculteur pour stocker son foin ou ses machines, mais qui d'autre voudrait racheter ça ? Si la commune s'en occupait, elle allait tout raser.

Ça se vendait au prix d'une ruine, dix mille euros. J'en ai parlé le soir même avec Olivia, j'étais comme un fou, et c'est ce qui l'a poussée à m'encourager, pas tant le projet en lui-même que l'effet qu'il produisait sur moi. Elle sentait que j'avais besoin d'un truc dans ce genre-là, une sorte de défi un peu dingue. Je ne savais pas vraiment ce qui m'attirait dans une telle entreprise et pour tout dire je ne cherchais pas à le savoir, mais dix mille euros, ce n'était pas le risque du siècle.

Ça s'est fait à toute vitesse. Deux semaines plus tard je signais le préavis, et je n'ai attendu que le double de temps avant d'avoir les clés.

21

Aurélie avait du mal à comprendre, mais on ne comprend pas toujours la vie des autres. On commente, on juge à l'emporte-pièce, on se dit qu'on ne ferait pas la même chose si on était à leur place, mais ça ne sert à rien, puisque justement on n'est pas à leur place. Pour Aurélie, le Jura c'était l'enfance, c'était les parents et les grands-parents, c'était loin derrière, une affaire réglée. Il faut croire que pour moi c'était différent. Le camping du Grau-du-Roi où mes parents avaient passé leurs derniers étés bradait tout un lot de vieilles caravanes et j'en ai acheté une pour cinquante euros, à ce prix-là c'était quasi offert. On l'a remorquée avec le pick-up de mon copain Bobby en évitant l'autoroute et on l'a larguée derrière ma petite baraque, dans le jardin. J'avais dix ares de terrain non constructible derrière la maison. J'avais ma caravane pour dormir et me faire à bouffer. Je pouvais commencer à bosser.

La première urgence c'était le toit, et jamais

je ne me serais lancé dans un chantier pareil sans Jean-Mi, mon oncle charpentier. C'était la première personne que j'avais appelée après ma première visite de la maison, il m'avait assuré que je pourrais compter sur lui. Il était à la retraite depuis trois ans et il avait encore tout son matériel, même son camion-grue il ne l'avait pas vendu. Parfois il venait accompagné d'un ou deux autres types, le Dédé et l'Élie, deux jeunes retraités eux aussi. Greg et Bobby nous ont filé quelques coups de main. Mon père était là tous les jours. Ma mère passait la matinée à nous préparer à manger et elle nous apportait les glacières pleines à craquer pour midi, auxquelles elle ajoutait deux packs de bières pour accompagner le repas et pour la fin de journée. On aimait s'en jeter une petite au coucher du soleil, perchés à dix mètres du sol, en équilibre entre une panne et une solive, la pression qui retombait et les champs et les forêts autour de nous qui s'effaçaient peu à peu, puis on lâchait nos bouteilles vides sur le tas de gravats qui s'accumulaient au centre de la maison et on regagnait à notre tour le plancher des vaches par l'échafaudage, et dès le lendemain on remettait ça. Au total, démolition, charpente, tuilage et zinguerie, on en a eu pour un mois et demi. On n'a pas bossé comme des acharnés, on y est allés tranquillement. Pourtant on a manqué dix fois de se tuer, c'est un miracle qu'il n'y ait pas eu d'accident. En plus, on n'a pas eu de chance avec la météo. Mais on s'en est sortis.

Ce n'était que le début. Bizarrement ça ne me faisait pas peur. Il y en avait vraiment pour tous les goûts, maçonnerie, plomberie, électricité, et dans chacun de ces domaines j'avais quelques notions, mais je ne pouvais pas tout faire tout seul. J'ai rallongé deux fois mon prêt à la Société Générale, jusqu'à atteindre les quarante mille euros. Je donnais la main à tous les artisans, et finalement c'était comme en intérim, je continuais à faire l'assistant, sauf que je ne bossais pas pour installer des magasins où je ne viendrais jamais faire mes courses ni pour construire des appartements que je ne pourrais jamais me payer, là je récoltais les fruits de chaque effort fourni, si bien que la fatigue du soir n'avait pas la même saveur, les petites blessures ou le mal de dos n'entraînaient pas les mêmes inquiétudes. Et puis j'allais à mon rythme, j'avais le temps, en tout cas je voulais le prendre, s'il fallait décaler au dernier moment d'une semaine l'intervention d'Hervé, un pote plombier, je n'en faisais pas une maladie, je revoyais mon programme, je proposais à Bob ou à Greg ou à mon père de venir m'aider à péter une dernière cloison ou à installer une fenêtre, et s'ils ne pouvaient pas, tant pis, j'allais me promener dans les bois.

Olivia me rejoignait le week-end et on s'occupait du jardin. On arrachait les orties, on redressait la clôture, on plantait des arbustes, on taillait, on creusait, on brûlait, on multipliait les voyages à la déchetterie. Le reste du temps j'étais tout seul dans ma caravane, et je m'y sentais plutôt bien. J'ai rendu mon petit studio, je ne mettais presque plus les pieds à Lyon. Je n'avais pas la télé et je passais mes soirées à dévorer les piles de mangas que m'apportait Olivia chaque semaine — elle avait beau être prof de français, elle ne lisait que des BD. Et j'étais justement plongé dans un livre de Jirô Taniguchi, une histoire de transfert de personnalité suite à un accident de la route, quand j'ai reçu ce SMS qui m'a littéralement cloué à ma couchette : *Aymeric, c'est Florence...* Elle était de passage en France et elle voulait me voir. Elle espérait que je me portais bien, bla-bla-bla, et elle terminait en disant qu'elle comprendrait que je ne lui donne pas de réponse, mais voilà, elle essayait. Deux minutes plus tard j'ai reçu le même message sur Messenger, de la part d'une certaine Lassie D'ici. Sur sa page il n'y avait absolument rien, aucune publication, pas de photo de profil. Elle n'avait pas un seul ami. Elle venait tout juste de créer son compte.

Je ne sais pas comment j'aurais réagi si Olivia avait été avec moi ce soir-là. Il m'aurait fallu contenir mon émotion. Je me serais peut-être enfui de la caravane pour rejoindre la forêt en courant et en hurlant comme un vieux maboul. Mais heureusement j'étais seul. J'ai encaissé le choc à ma manière, une bière, une clope, tranquillement, et j'ai fini par sortir. J'ai tout laissé en plan dans la caravane, tout laissé allumé, j'ai un peu marché dans le village désert et silencieux. Je pouvais marmonner à ma guise, et je ne m'en suis pas privé. J'ai dû passer pas loin d'une heure à argumenter mon choix de ne pas lui répondre, évidemment, il ne manquerait plus que ça, tiens, et puis quoi encore, elle me prend pour qui. Qu'elle attende, qu'elle patiente, qu'elle passe ses journées à épier son téléphone et que ça l'obsède, que ça l'empêche de dormir, et qu'elle soit déçue de mon absence de réaction, qu'elle regrette de m'avoir écrit, qu'elle hésite à me relancer, qu'elle le fasse ou qu'elle ne le fasse pas, peu importe, qu'elle rentre au Canada, qu'elle me foute la paix. En regagnant ma caravane et en relisant son message je me suis un peu calmé. Finalement je lui trouvais une certaine douceur, à son message, j'ai compris qu'elle ne me voulait pas de mal, qu'elle n'avait pas de mauvaise intention à mon endroit. Et puis ce n'était pas uniquement un signe de vie, une simple reprise de contact, il y avait cette possibilité de se revoir.

Revoir Jim. Le prendre dans mes bras, le serrer contre moi, l'embrasser, lui parler, tout ça me paraissait complètement fou. Je me suis imposé d'éteindre mon téléphone et d'essayer de dormir, et c'est moi qui n'ai pas réussi à le faire. Je me suis relevé et j'ai repris une bière et je suis ressorti, il devait être quatre heures du matin et le ciel était dégagé et rempli d'étoiles, la lune était quasi complète et je me suis rapproché de ma maison en chantier, dans laquelle je me suis engouffré à tâtons, c'était pas le moment de me faire assommer par une poutre ou je ne sais quoi, c'était un peu risqué mais ça m'aidait peut-être à me détacher, technique basique : remplacer une émotion par une autre, un enjeu par un autre. Je me suis arrêté au milieu de ce qui dans quelques mois serait la cuisine, j'ai trouvé un tabouret en bois qui m'a rafraîchi les fesses et j'ai rallumé mon téléphone. J'ai relu son message pour la vingt-cinquième fois de la soirée, et c'est là que j'ai pris ma décision. Ça ne faisait plus aucun doute, j'allais lui répondre. Parce que c'est moi qui passerais ma vie à regretter de ne pas l'avoir fait. Mon genre à moi c'était d'accepter, c'était d'y aller, c'était de dire oui. C'était peut-être une preuve de faiblesse, mais je ne pouvais pas faire autrement.

Je lui ai écrit, sans en faire des caisses, je suis resté sobre mais je lui ai dit que je voulais bien, oui, que je voulais bien la revoir, et je lui ai demandé si Jim était avec elle. Je lui ai demandé où elle se trouvait, je lui ai dit que moi j'étais toujours à peu près au même endroit, et je me suis arrêté là, bon, je n'allais pas lui envoyer un roman. Je suis resté deux minutes à fixer l'écran illuminé, mais il y avait peu de chances pour qu'elle réagisse à cette heure-là. Je suis rentré me coucher.

On est à Paris cette semaine et on doit venir dans le Jura la semaine prochaine. Je pourrai faire un saut à Lyon, si tu es toujours là-bas.

J'étais rassuré d'avoir sa réponse au réveil. Elle n'avait pas changé d'avis pendant la nuit, elle ne regrettait pas de m'avoir écrit. On a convenu de se voir à Saint-Claude, ce qui semblait le plus simple pour tous les deux.

Une semaine à attendre. Je n'en ai parlé à personne. Je n'ai même pas appelé Aurélie pour le lui dire. J'ai bossé sur la baraque, tout seul la plupart du temps, en écoutant la radio pour essayer de ne pas trop y penser. Le pire c'est que j'ai réussi à ne pas trop gamberger, à mettre mon cerveau en état de veille, comme on dit. Je me suis demandé si c'était pas tout simplement le stress qui m'anesthésiait.

La veille du rendez-vous, Florence m'a envoyé un message pour préciser que non, Jim ne serait pas avec elle.

22

J'avais une petite demi-heure de route jusqu'à Saint-Claude. Depuis mon retour dans la région je n'y allais pas si souvent que ça. Pour faire mes courses je me contentais du Super U de Saint-Laurent-en-Grandvaux. Si mes parents voulaient me voir ils n'avaient qu'à monter chez moi.

Quand je me baladais dans la campagne en voiture j'étais toujours surpris du nombre de garages, de hangars agricoles et d'abris de jardin dont les toits étaient en tôle, de la tôle rouge la plupart du temps, du fibro amianté on n'en trouvait plus que sur les vieilles concessions automobiles ou sur des usines en friche. Ce n'était pas aujourd'hui qu'on aurait fait fortune avec Titi et Odile. Ça me semblait tellement loin, tout ça. Et c'est la première chose qui m'a saisi en retrouvant Florence, cette impression de distance. La sensation physique de ce qui nous séparait. Comme si l'atmosphère était imprégnée de cet écart, de tout ce temps sans se voir. On avait pris quelques années dans la figure, mais c'était autre chose, ce n'était pas ça le problème. D'ailleurs je ne la trouvais pas spécialement marquée. Elle avait des cheveux blancs mais ça lui allait bien. Elle s'était maquillée, ce qui n'était pas dans ses habitudes avant. Elle avait toujours quelques anneaux et quelques pointes dans les oreilles. De nous deux c'était sûrement moi qui avais le plus changé. Je le voyais à mes mains ces derniers temps, elles morflaient à cause des travaux dans la maison et j'observais tous les jours de nouvelles gerçures et de nouvelles crevasses, elles me faisaient penser aux mains de mon père. Le plus marquant c'était encore mon torse dans le miroir de la petite salle d'eau de la caravane, c'était les poils qui me traumatisaient. Pourtant les cheveux c'était réglé depuis un moment, j'étais parfaitement chauve maintenant, mais les poils blancs sur le corps, sur les bras, le ventre, les jambes, j'avais du mal à m'y faire. Si bien qu'en la dévisageant, après qu'on se fut installés en terrasse du Bar du Progrès, je pensais plus à l'impression que Florence se faisait de moi qu'à celle qu'elle me procurait. Je lisais dans ses pensées : dis donc, il a pris un coup de vieux, lui. Je venais d'avoir quarante ans, elle en avait donc cinquante-cinq. J'avais l'âge qu'elle avait à la naissance de Jim. Lequel Jim avait aujourd'hui exactement notre différence d'âge à Flo et moi, quinze ans.

J'avais prévu de rester froid au début, sur la défensive, bien décidé à lui faire comprendre que ce qu'elle m'avait fait subir était proprement dégueulasse, mais je me suis tout de suite fait rattraper par la situation, et je me suis montré plutôt avide et ouvert. Elle a commencé par me poser deux trois questions sur cette maison à Prénovel et mon départ de Lyon, puis je n'ai pas eu besoin de la forcer pour qu'elle en vienne à son cas personnel, et surtout à ce qui s'était passé cinq ans plus tôt. Elle m'a remercié de lui avoir répondu, elle n'osait même plus s'excuser tellement elle avait conscience d'avoir été brutale et cruelle, mais je devais comprendre, Jim allait tellement mal. Elle avait eu tellement peur, tellement peur de le perdre, voilà, c'était ça qu'il fallait que je comprenne. Tu ne peux pas imaginer ce qu'on a vécu durant les premiers mois à Montréal. Jim n'était plus du tout le même, il ne parlait plus, il s'était totalement renfermé. Il nous faisait payer ce déménagement qu'il n'acceptait pas. Il a fugué plusieurs fois, menacé de prendre l'avion, le bateau, il quittait l'école à midi et ne rentrait pas à la maison avant minuit. On avait peur, le vrai problème c'était qu'on avait peur. On a dû le changer d'école, le mettre dans le privé, tu te rends compte, dans le privé. Avec Christophe il était proprement odieux, il lui balançait des choses d'une violence. Christophe restait pourtant très doux avec lui. Il était ultra compréhensif, il ne lui en voulait pas. On a failli tout plaquer, tu sais, on a failli rentrer. Mais à côté de ça on commençait à construire quelque chose tous les deux, la vie à Montréal nous plaisait et on se rendait compte que ça fonctionnait, ça produisait son effet, malgré la situation avec Jim on était de mieux en mieux ensemble, et puis ça fonctionnait pour lui, pour Chris, il réussissait à reprendre goût, il voyait se dessiner la possibilité d'une autre vie après la mort de sa femme et de ses enfants. Alors on a eu cette idée de couper, on en a parlé à quelques personnes autour de nous, qui nous ont toutes encouragés à aller dans ce sens-là, au moins à tenter le coup. On voulait essayer de sauver Jim tout autant que notre histoire à tous les deux. C'était un essai, une tentative, enfin, tu me connais. On ne savait pas ce que ça allait donner, mais voilà, on a eu cette idée. On a dit à Jim que tu ne voulais plus venir et que tu ne voulais plus le voir. Il avait dix ans, il avait encore l'âge de gober ce genre d'histoire. J'ai rédigé un faux mail, dans lequel tu expliquais que suite à ton départ de Bellecombe tu avais peu à peu compris que ta vie devait se faire sans nous, et que maintenant qu'on était au Canada tu voulais en profiter pour tourner la page définitivement. Tu t'adressais à Jim en imaginant qu'il allait avoir du mal à te comprendre, et tu lui expliquais que ce rôle de simili-père à distance ne te convenait pas, tu lui avouais ne pas t'intéresser au foot autant que tu le prétendais, et que tu essayais de te mettre à son niveau pour lui faire plaisir, puis tu ajoutais que tu en avais marre de faire semblant. Pour finir tu évoquais une femme que tu avais rencontrée quelques mois plus tôt et avec laquelle tu envisageais d'avoir un enfant, un vrai, un enfant à toi. Oui, tu vois, j'ai vraiment mis le paquet. Malgré ça, il n'y a pas cru au début. Il nous a même soupçonnés d'avoir écrit nous-mêmes ce mail. Il nous a tout de suite démasqués, finalement. Mais on a tenu bon. Je ne sais pas comment on a fait pour ne pas craquer. Il a essayé de t'appeler et on s'est arrangés pour que ça ne marche pas et on lui a dit que tu avais bloqué mon numéro. On a été vraiment horribles, je l'avoue. On en avait bien conscience sur le moment, on s'était engagés là-dedans alors on essayait de tenir notre cap, mais on passait nos soirées à douter et à s'en vouloir. Avec lui on était tout entiers de son côté. Nous aussi on se montrait démoralisés. On était là pour l'aider. Je lui disais que j'étais prête à faire l'aller-retour en avion pour te casser la gueule. J'ai fait mine de t'écrire des mails auxquels tu ne répondais pas, évidemment, alors que je recevais les tiens, que je m'enfermais aux toilettes pour effacer tous tes messages. Il y avait quelque chose d'hyper vicieux dans notre comportement puisqu'on inversait les positions, on te faisait passer pour le monstre égoïste et on jouait les parents réconfortants. Et puis voilà, comme tu peux l'imaginer, ça a fini par porter ses fruits. On a fini par devenir ses alliés. On l'a encouragé à tirer le fil de sa colère autant que possible, et il s'est mis à te détester. Il s'est rapproché de nous de manière stupéfiante. Il s'est rapproché de Chris. Ça nous a fait un bien incroyable. J'ai eu l'impression d'une résurrection, je retrouvais le Jim qu'on avait toujours connu, le garçon joueur et tourné vers les autres. Il a commencé à s'intéresser à la vie autour de lui, il a arrêté de nous parler de toi. En quelques mois il s'est fait plein de copains. On a été obligés de le laisser dans sa putain d'école privée, on n'allait pas lui infliger un nouveau déchirement. Il a arrêté le foot, il s'est mis à détester ça. Il a rejeté tout ce qui le ramenait à toi. On l'a inscrit à des cours de guitare. Ça fait cinq ans qu'il fait de la guitare, il est très bon, il en joue aussi bien qu'il jouait au foot. Depuis deux ans il a un groupe avec des copains de sa classe. Il compose, il écrit même des textes. Tout en anglais. L'autre jour il a écrit une chanson qui s'appelle *The First Father*, l'histoire d'un garçon dont le père s'est enfui. Le texte est assez doux. C'est plutôt une fiction. Je pourrai te l'envoyer si tu veux. Enfin, je ne suis pas sûre qu'il apprécierait que je fasse ça dans son dos.

Jim ne savait pas qu'elle me voyait. Elle ne pouvait pas le lui dire, elle ne pouvait rien lui dire, sous peine de faire s'écrouler tout ce qu'ils avaient construit.

Ils dormaient à Bellecombe chez Caroline et François et leur fille Charlotte. C'était seulement la deuxième fois en cinq ans qu'ils revenaient en France.

C'est devenu un sacré petit mec… Tu veux que je te montre une photo ?

J'étais tendu, j'avais du mal à respirer. J'étais voûté sur ma chaise, je me sentais écrasé. J'ai essayé de me redresser, j'ai avalé une gorgée de bière, j'ai secoué la tête et je lui ai dit que je ne voulais pas voir de photo, non. Elle a repris un air un peu plus grave.

Oui, ça a dû être terrible pour toi.

Je ne la regardais plus. Je sentais monter une forme d'aigreur mais ça n'avait rien à voir avec le soir où j'avais reçu son SMS, ce n'était pas un réflexe de protection, c'était comme une vieille douleur qui se ranimait, qui se réveillait, et je m'en voulais d'être là, je m'en voulais d'éprouver ça, je m'en voulais d'avoir eu la naïveté d'accepter de la revoir, je m'en voulais d'être avec elle, d'être assis à la même table qu'elle, de lui faire face, de lui parler. Je voulais qu'elle parte, je voulais qu'elle disparaisse. Et c'est moi qui ai fini par me lever.

J'ai simplement dit : désolé, mais je ne peux pas, et je suis parti. J'ai remonté la rue du Pré avec toutes ces poubelles en forme de pipe qui venaient d'être installées et j'ai retrouvé ma voiture sur le parking autour de la cathédrale, j'aurais voulu m'effondrer et je n'ai pas réussi à le faire. J'ai forcé un sanglot mais rien n'a suivi. C'est triste à dire mais je me sentais froid, je me sentais comme indifférent. Je suis rentré directement et le lendemain je me suis mis à bosser de bonne heure. À midi j'ai eu Olivia au téléphone et elle prévoyait de venir me voir ce soir, je lui ai dit que je ne préférais pas, que je n'étais pas en état.

23

En fin d'après-midi j'ai repris la voiture et je suis retourné à Saint-Claude. J'ai de nouveau trouvé une place autour de la cathédrale et j'ai rejoint la rue du Pré, mais cette fois je ne suis pas allé jusqu'au Bar du Progrès, je me suis arrêté bien avant, au Royal Kebab. J'ai commandé un sandwich köfte et me suis posé en terrasse. J'ai mangé très lentement, par toutes petites bouchées, tout en observant l'obscurité descendre sur la ville. La vue était superbe et j'ai voulu prendre une photo, et je me suis rendu compte que j'étais presque à la fin de ma pellicule. Je n'en avais pas d'autre avec moi alors j'ai finalement rangé l'appareil. Ces derniers temps je ne faisais plus que des photos du chantier. J'avais prévu de me construire un petit labo dans la maison, et ça, ça m'excitait comme un fou, j'allais enfin pouvoir développer mes centaines de pellicules accumulées. Il faisait nuit quand j'ai retrouvé ma voiture. Au lieu de repartir en direction de Prénovel j'ai commencé à gravir les lacets de Septmoncel. Une dizaine de bornes sinueuses avant de bifurquer en direction des Moussières. À la sortie du village j'ai suivi La Pesse, puis Bellecombe. Je me suis arrêté à la Tissote. Je me suis garé sur le bas-côté, en retrait de la maison, et je suis sorti dans la nuit froide.

Le ciel était bouché, aucune étoile, pas de lune, j'ai activé la lampe de mon téléphone pour me guider et j'ai marché au moins deux cents mètres jusqu'à la maison, que j'ai contournée par la face nord. Le salon était éclairé, je distinguais quelques silhouettes s'agiter derrière la baie vitrée. J'avais le palpitant à bloc. J'ai fini par éteindre la lumière de mon téléphone et je n'y ai pas pensé sur le moment mais s'ils avaient installé un éclairage automatique sur la terrasse, j'aurais été grillé direct, flashé comme un bagnard qui se fait la malle, tu parles de retrouvailles. Heureusement, il n'y avait rien de tout ça. J'ai pu avancer le plus près possible de la baie vitrée sans que la lumière de l'intérieur m'atteigne, je restais dissimulé dans l'obscurité, ils ne pouvaient pas me voir. Je les voyais, je les voyais même très bien, ils venaient de terminer le repas et ils étaient en train de débarrasser la table. Jim est soudainement apparu par la porte de la cuisine et j'ai failli crier en l'apercevant. J'avais envie de sauter à travers la vitre et de me jeter sur lui. Je me suis mis à trembler, je me suis mis à chialer, tu parles. Mon fiston, en chair et en os, à portée de main. Oh, qu'est-ce qu'il était beau. Et qu'est-ce qu'il avait grandi. Je n'en revenais pas. Je me suis dit que si je l'avais croisé dans la rue, je ne l'aurais pas reconnu. Oui, c'était vraiment étrange parce que j'étais sûr que c'était lui, et pourtant ce n'était pas le Jim dont je me souvenais. C'était un autre Jim. Avec cinq ans de plus.

Cinq ans, voilà ce que j'avais raté. Sur le papier ce n'est pas grand-chose, cinq ans, mais ça représentait tout de même un tiers de sa vie. J'avais raté ces années tellement importantes, ces années décisives, son entrée dans l'adolescence. Voilà ce que j'avais en face de moi, un ado, un grand gaillard de quinze piges. Il avait l'air joyeux ; ils l'étaient tous derrière la grande baie vitrée, derrière mes yeux embués. Charlotte, ses parents, Florence, Christophe, mais je n'en avais rien à foutre des autres, je ne m'intéressais qu'à mon fiston, oui, bon, à mon filleul. Je ne bougeais plus. Je ne pensais plus. J'étais tétanisé. Je n'osais pas sortir l'appareil. Je ne savais plus dans quel sens agir. Tout ça me semblait tellement irréel. Pourtant il était bien là, en trois dimensions, à quelques mètres de distance seulement. Qu'est-ce que je pouvais faire ?

Je ne pouvais pas y aller, non. Je ne pouvais pas frapper au carreau et me taper l'incruste. Je les regardais s'animer, sans le son, je ne les entendais pas, bien sûr, je les voyais parler et rire et je ne comprenais rien à leurs conversations. Je me suis mis à me sentir mal, comme la veille avec Florence j'ai été rattrapé par une impression de sécheresse. À me demander ce que je foutais là. À me dire que ça n'avait aucun sens, et que je ne me trouvais pas au bon endroit et pas avec les bonnes personnes. Comme si j'étais entré dans le cinéma cinq minutes avant la fin du film. Finalement je ne savais pas trop qui était cette famille, je n'avais pas suivi leur histoire. Une chose était sûre, ce n'était pas les miennes : pas ma famille, pas mon histoire.

Jim me tournait le dos maintenant et je me suis dit qu'il était temps de partir. En m'éloignant j'ai jeté un dernier coup d'œil à l'écran illuminé, puis je suis sorti du champ, sorti de la salle. En reprenant la route j'ai décidé de pousser jusqu'aux Trois Cheminées. Je n'y étais jamais revenu depuis le jour de la vente. Je me suis arrêté sur le petit parking qui marquait le départ des pistes de ski de fond et j'ai laissé la portière ouverte en sortant. J'ai escaladé le talus pour m'approcher de la maison qui s'étendait comme une immense masse sombre et hostile, et là, pour le coup, je m'étais carrément trompé d'endroit, tout était fermé et éteint, il n'y avait personne, pas de séance ce soir. Je suis resté un petit moment assis dans l'herbe et j'ai envoyé un SMS à Olivia pour lui dire qu'elle pouvait venir demain après le boulot et que j'avais très envie de la voir. Elle m'a tout de suite répondu, ça m'a rassuré, je me suis un peu détendu.

C'était à ce film-là que j'appartenais aujourd'hui. Mon histoire, c'était la maison à Prénovel et ma vie avec Olivia. Alors j'ai regagné la voiture, j'ai mis de la musique, j'ai fait ma petite manœuvre pour me remettre à l'endroit et je suis rentré.

Mais je n'ai pas tenu le coup. Comme toujours, il a fallu que je regrette. De ne pas avoir fait les bons choix, de ne pas m'être imposé, de ne pas être allé sonner à la porte ou de ne pas avoir envoyé un pavé dans la baie vitrée.

Une semaine plus tard j'ai écrit à Florence pour lui dire que j'espérais qu'un jour elle lui apprendrait la vérité, je n'ai pas obtenu de réponse. Son compte Facebook n'existait plus. Elle avait peut-être rebloqué mon numéro de téléphone. Je me retrouvais comme cinq ans auparavant, à barboter dans l'incertitude et à me contenter d'hypothèses, à me demander s'il ne fallait pas que je prenne un avion pour le Canada et à ne rien faire dans ce sens-là, à me sentir incapable, à m'en vouloir d'être aussi empoté, à appeler ma sœur tous les deux jours. C'est elle qui m'a convaincu d'en parler à Olivia.

Ça devait bien finir par arriver. C'était comme une carte magique que je conservais dans mon jeu. Le moment était venu de l'abattre. Je lui ai tout dit, je lui ai tout raconté, et elle ne l'a pas trop mal pris. J'étais content qu'elle ait conscience de l'existence de Jim. Désormais je pouvais prononcer son prénom devant elle, je pouvais évoquer des souvenirs, je pouvais même être léger sur le sujet. Je n'envisageais plus cette histoire uniquement sous l'angle du conflit, du drame, de la déception, de l'échec. Je me suis remis à en parler avec mes potes et mes parents.

Ce n'était plus un sujet tabou. Je venais de dépénaliser le cas Jim. Plus aucun mystère donc plus d'angoisse. On avait une explication. On disposait d'éléments concrets pour se fabriquer un discours. Quoi qu'on en pense, on savait pourquoi. On savait qui étaient les coupables. Moi, je n'y étais pour rien. J'avais fait de mon mieux.

Sept ou huit mois après cet épisode j'ai passé ma première nuit dans la maison. Les travaux n'étaient pas terminés mais disons qu'elle était habitable. J'ai apporté les quelques meubles que je stockais chez des amis, dont une table basse que j'avais construite avec des palettes à l'époque de mon histoire avec Jenny et un bureau qui appartenait à Monique. Mes finances étant plus qu'à sec, je me suis mis à bosser pour les artisans à qui je devais de l'argent. Ça ne me rapportait rien et la baraque ne bougeait plus, alors j'ai remplacé le secret de Jim par celui d'une succession de prêts à la consommation, grâce auxquels je me suis offert un petit cadeau : un Panasonic Lumix GH5, mon tout premier appareil photo numérique.

Oui, j'avais une petite idée derrière la tête. J'ai profité du mariage de ma cousine pour me tester, puis je me suis créé un blog, j'ai commandé un lot de cartes de visite et j'en ai surtout parlé autour de moi, en comptant sur le bouche-à-oreille. La première année j'ai couvert trois cérémonies, un peu plus la deuxième et une vingtaine dès la troisième. Je découvrais tous les week-ends une nouvelle église, une nouvelle mairie, une nouvelle salle polyvalente. Un nouveau gîte ou une nouvelle grange. Un nouveau château — ça, c'était avec ceux qui optaient pour ma formule *diamant*. Je bossais jusqu'à Valence et Genève. Je perfectionnais à chaque sortie mon petit lot d'idées de mise en scène : la photo sautée, les témoins qui portent le marié allongé, la photo de groupe où tous les invités me tournent le dos pendant que les mariés au premier plan s'embrassent, le lancer de chapeaux. J'apprenais à exploiter au mieux le potentiel des lieux : un reflet sur l'étang, une vieille balançoire, un arbuste fleuri, un beau miroir piqué. Traquer les effets de lumière et de transparence. Accorder une attention particulière aux enfants. Ne pas rater l'arrivée des alliances sur coussinet, puis le gros plan sur les mains des mariés. Répondre aux attentes, ne pas chercher à faire autre chose. De toute façon je n'en avais pas la force. À vingt heures, au moment de remballer, j'étais toujours lessivé. Et le lundi je reprenais les chantiers. Tous les soirs de la semaine je triais les photos du mariage du week-end précédent, non pas le dernier mais l'avant-dernier. Il fallait jeter, organiser, classer, renommer. Appliquer quelques effets et quelques filtres, basculer en noir et blanc tout en boostant les contrastes : donner la touche professionnelle. Je me faisais des semaines de près de cent heures.

Impossible de prendre des vacances en été, c'était l'hiver que je soufflais. Mais pas tant que ça puisque j'en profitais pour avancer sur la maison. On ne se voyait pas beaucoup avec Olivia et je craignais que ça n'entame notre relation. Elle m'assurait que ce n'était pas un problème, et que ça lui convenait même très bien. Elle avait plutôt peur du contraire, que je lui demande d'emménager avec moi, elle ne voulait pas d'un rapport trop fusionnel, elle avait connu ça plusieurs fois et c'était justement ce qui avait précipité la fin de ses anciennes histoires : le besoin d'espace, de temps, de solitude. Elle continuait à sortir en club et il m'arrivait de l'accompagner, deux ou trois fois par an, ça me changeait les idées.

Pour me changer les idées il y avait autre chose, aussi, puisque j'avais acheté un agrandisseur, des bacs et des cuves à un papi d'Oyonnax sur Leboncoin. J'avais commandé les produits et le papier sur un site spécialisé. Ça y est, j'étais installé, enfin.

C'était une expérience incroyable. Plus besoin de Nino Rota pour m'ensorceler, le silence suffisait. Comme je n'avais pas annoté mes pellicules, chaque développement était une surprise. Je piochais une bobine au hasard et je n'avais aucune idée de la période dans laquelle j'allais me replonger. Un négatif consacré entièrement à des portraits de Monique. Un négatif des premiers mois de vie de Jim dans l'appartement de Florence à Saint-Claude. Toutes les photos prises dans la vieille scierie où on stockait nos plaques d'Eternit. Quelques images de Romu. Des centaines de photos de Jenny et de nos potes de fac à Besançon — certaines têtes ne me disaient absolument rien. Une photo prise dans un amphi rempli d'étudiants. Une série de Florence enceinte que j'avais oubliée. Des tonnes d'images à Bellecombe, la maison, le crêt de Chalam. Jim dans les bois. Jim sur les épaules de mon père. Jim en tenue de foot. Jim en plein match. Florence dans la foule d'un concert en extérieur. Jim endormi sur les genoux de sa mère. Jim à Lyon, au bord du Rhône, avec Aurélie et Antoine. Christophe n'apparaissait sur quasi aucune des images — les rares sur lesquelles on l'apercevait, je ne les tirais pas.

Qu'est-ce que je faisais de tout ça ? Je les rangeais, je les classais dans des albums, j'essayais de les regrouper par années, avant de tomber sur une pellicule m'obligeant à tout décaler. J'ai trouvé un deuxième agrandisseur pour tirer quelques grands formats que j'affichais aux murs — ça compensait l'absence de papier peint sur le placo. J'étais loin d'en voir le bout. J'en avais pour des années à tout défricher. Au moins j'arrêtais de faire de nouvelles images, même si depuis que j'avais commencé les mariages je ne prenais plus tellement de photos pour moi. J'en avais moins envie, j'avais peut-être aussi l'impression de vivre des choses moins fortes, moins intéressantes. Pourtant il y avait Olivia, mais je ne faisais pas beaucoup de photos d'elle. C'était une autre phase, j'approchais tranquillement de la cinquantaine, je commençais à me retourner sur le passé.

24

Au village, on me donnait du boulot, on me passait des commandes. Mes images illustraient chaque trimestre le bulletin communal diffusé par mail et punaisé sur le tableau d'affichage du lavoir. À la rentrée je réalisais les photos d'identité de mes petits voisins. Dès qu'on avait besoin de moi, on venait me voir, comme si je tenais une permanence, comme si j'avais un magasin.

Ce jour-là j'étais seul à la maison. On était au début du mois de juillet. En découvrant la jeune femme qui avait sonné à ma porte j'ai pensé à une sollicitation de ce genre, ou bien à un rendez-vous qui m'était sorti de la tête. Bonjour, je ne sais pas si vous me reconnaissez… Alors je me suis dit que ce devait être une ancienne cliente, un mariage qui remontait déjà à quelques années. Je suis Charlotte, je ne sais pas si vous vous souvenez de moi, on se voyait à Bellecombe et aussi à Lyon… Je suis la fille de François et Caroline…

Charlotte, bien sûr. Qu'est-ce qui t'amène ?

Qu'est-ce qui t'amène ? Vraiment, c'est comme ça que j'ai réagi ?

Eh oui, ce sont ces mots qui sont sortis de ma bouche. Comme si on ne s'était pas vus depuis dix jours.

Sa présence avait forcément un rapport avec Jim. Qu'est-ce qui lui était arrivé ? Elle venait m'annoncer sa mort ? Mais Florence s'en serait chargée, tout de même.

Tu veux rentrer ? Non, tu ne me déranges pas...

J'étais tellement serein, je ne me reconnaissais pas. Elle aussi, j'avais du mal à la reconnaître. Je l'avais toujours vue avec les cheveux longs et elle les portait très courts, maintenant, à peine deux centimètres, quasi la boule à Z. Ça lui allait bien, d'ailleurs.

Elle m'a appris que Jim passait l'été en France, à Grenoble, chez elle, et qu'il était tout seul, sans ses parents. Elle a ajouté qu'il avait trouvé mon adresse sur internet, sur le site des pages blanches. Et puis elle m'a dit qu'il aimerait me voir.

Je ne bronchais pas, je la laissais débiter son baratin tout en s'accompagnant de ses mains et en repositionnant sans arrêt ses trente-huit bracelets.

Pourquoi n'était-il pas venu directement ? Est-ce qu'il patientait un peu plus loin, caché dans une voiture ? Elle a fini par me dire qu'il était à Bellecombe, avec ses parents à elle.

Je ne ressentais toujours aucune excitation. J'avais l'impression peut-être pour la première fois de ma vie de me comporter comme un adulte, comme une grande personne, et surtout d'être considéré comme tel par mon vis-à-vis. J'avais le dessus sur elle. Comme un psy de cinéma, celui que rien n'effleure, que rien ne déstabilise.

Elle attendait une réponse, et je la regardais en souriant, avec les yeux pétillants, et ça avait l'air de la gêner. J'ai fini par lui dire que la question ne se discutait pas, évidemment que j'acceptais.

Je ne lui ai pas donné mon numéro. De toute façon j'étais là, je ne bougeais pas, il pouvait venir dès ce soir s'il le voulait.

Après son départ je n'ai prévenu personne. Je me suis remis à bosser. Mon absence d'émotion m'étonnait quand même un peu, je ne me savais pas aussi blindé. Je me faisais l'effet, maintenant, non plus d'un psychologue mais d'un psychopathe, un type glacial et méthodique.

Je n'ai pas vu Jim ce soir-là, ni le lendemain ni le surlendemain. Je n'avais aucune idée du moment où il allait se présenter, et quand je m'absentais je punaisais un mot sur la porte d'entrée et le papier était toujours intact à mon retour. J'ai acheté quelques bons trucs à manger au cas où on aurait à partager un repas. C'était la pleine saison des mariages et j'avais beaucoup de boulot, ce qui tombait plutôt bien, au moins j'avais de quoi m'occuper. En triant mes images j'anticipais le film de nos retrouvailles. S'il était disposé à faire ce geste vers moi, c'était qu'il m'avait en partie pardonné, et je me demandais s'il fallait lui dire la vérité. Est-ce qu'il ne valait mieux pas lui éviter un nouveau séisme émotionnel — il avait peut-être été assez gâté en la matière. Et puis ça rimait à quoi, de régler mes comptes avec sa mère à distance, près de quinze ans après.

J'étais pris dans cette hésitation. J'oscillais entre l'idée de ne rien lui cacher et celle de le préserver. Quand j'en parlais avec Olivia, elle en rigolait presque, elle me trouvait tellement réfléchi, tellement distancié.

Mais elle s'est mise peu à peu à comprendre mes questionnements. L'enjeu n'était pas, du moins n'était plus, de me venger de Florence, ni de chercher à me sauver aux yeux de Jim, l'enjeu était simplement de faire en sorte que cette histoire ne l'abîme pas plus qu'elle ne l'avait déjà fait jusqu'ici.

Peut-être que c'était moi que je cherchais à protéger.

Est-ce que j'avais envie de replonger dans cette histoire qui m'avait fait tant de mal ? Est-ce que j'avais envie de m'impliquer, de m'engager, de m'ouvrir ?

Les jours passaient. Jim traînait à se décider. De toute façon c'était à lui de se déplacer et non à moi de me pointer chez Caroline et François à Bellecombe, c'était à lui de sentir le moment.

J'ai commencé à penser qu'il était revenu sur son idée, que j'avais dit une connerie, que j'avais mal agi avec Charlotte.

J'avais quand même besoin de savoir ce qu'il comptait faire.

Je ne dormais pas très bien. On ne parlait plus

que de ça avec Olivia, c'était devenu notre feuilleton, on n'en pouvait plus d'attendre, on voulait connaître la suite.

Comme elle s'était installée à la maison pour l'été, elle était là quand il s'est enfin présenté, plus de deux semaines après la visite de Charlotte.

C'est même elle qui l'a fait entrer.

Elle est venue me trouver devant mon ordinateur, j'avais un casque sur les oreilles et n'avais pas entendu sonner.

J'étais persuadé que j'allais réussir à me comporter de la même manière avec lui que je l'avais fait avec Charlotte, à rester aussi calme. Mais en rejoignant le hall tout s'est mis à bringuebaler.

Je me suis arrêté dès que je l'ai vu. Je n'osais pas m'approcher.

J'avais l'impression d'un éboulement dans mon corps, tous les organes qui se décrochaient un à un.

Mon Jim…

Il m'a lâché un petit sourire et je n'ai pas pu me contrôler, je me suis effondré.

Les poumons, le foie, les os, tout se fracassait au fond de mes chaussettes.

Je ne sais plus exactement mais je crois que c'est lui qui m'a pris dans ses bras. On est restés comme ça pendant au moins trois minutes, peut-être plus, peut-être dix en réalité. Je le serrais fort contre moi et je l'entendais renifler. Je répétais mon Jim, oh mon Jim, c'est pas possible… Je n'en revenais pas de l'effet que ça me faisait. Quand on s'est installés dans le salon, je tremblais encore, je ne savais pas comment me tenir, j'étais tout secoué. Il s'est excusé d'avoir autant tardé à venir mais il était parti faire de l'escalade dans les Alpes avec Charlotte et des amis. Il était tout bronzé. Il portait un bermuda à carreaux et il avait des mollets bien dessinés, des mollets de footballeur, j'ai pensé. Ses avant-bras étaient très poilus et je me suis rappelé que c'était le cas de ceux de Christophe, aussi. Sa voix n'avait plus rien à voir avec celle que j'avais entendue pour la dernière fois au téléphone il y avait plus de dix ans de ça. Treize ans exactement. Il avait vingt-trois ans, maintenant.

Ce n'était pas la première fois qu'il venait passer quelque temps en France sans ses parents, et il avait déjà failli me contacter. Je t'ai d'abord cherché à Lyon, enfin à Villeurbanne, j'ai retrouvé la rue où tu habitais et je suis allé frapper chez des voisins. L'un d'eux m'a dit que tu étais retourné vivre dans le Jura. La suite n'a pas été compliquée. J'ai trouvé ton adresse sur les pages blanches, et je t'avoue que je suis venu plusieurs fois rôder dans le village, toujours avec Charlotte. Ensemble on avait l'impression de mener une enquête, c'était plutôt marrant. Une fois on t'a aperçu. Mais je n'arrivais pas à me lancer. J'avais tellement peur que tu me rejettes encore. J'avais peur que tu me claques la porte au nez. Alors Charlotte a proposé de venir tâter le terrain.

Il m'a dit qu'il avait appelé sa mère hier pour

lui annoncer. Elle ne l'avait pas empêché de le faire. Elle s'était contentée d'un laconique : ainsi soit-il.

Je me rendais compte qu'il n'avait jamais cessé de penser à moi, alors que j'avais toujours imaginé le contraire. Je pensais être devenu pour lui une figure de plus en plus floue, comme un vieil ami de ses parents qui avait été présent durant son enfance et qui avait fini par disparaître.

Une chose me rassurait, c'était qu'il n'avait pas l'air trop esquinté. On ne peut jamais vraiment savoir, mais il ne donnait pas l'impression d'être en dépression profonde. Ma réaction était un peu égoïste, j'étais simplement content de me dire que je n'avais peut-être pas fait de si mauvais choix.

Mais ça validait surtout ceux de sa mère. Et ce n'était pas le moment de tout foutre en l'air.

Il croyait à la version de Florence, il s'y était accroché depuis le début, il s'était construit à partir de cette blessure, contre cette blessure.

J'ai commencé par lui demander s'il savait que j'avais revu sa mère, une fois, au bout de cinq ans. Mais il n'était pas au courant. Au moins je lui accordais un brin de franchise. Pour le reste, je me suis appliqué à dérouler le scénario que j'avais préparé. Un scénario qui exonérait Flo et Christophe de toute responsabilité et qui tendait à rendre un peu moins brutale ma décision de ne plus le voir. J'ajoutais donc un nouveau mensonge à la longue liste de ceux qui l'accompagnaient depuis sa naissance. Une vie cernée de petits arrangements avec la vérité. Mais je ne me sentais pas la force de renverser la table, de tout chambouler, de saccager tous ses repères, un grand coup de pied dans la fourmilière, et puis quoi ? Et puis après, qu'est-ce qu'on fait ? T'as voulu jouer au plus malin, eh bien tu te démerdes, maintenant. Non, je n'étais pas cette personne-là. Au fond de moi je le regrettais, mais je ne pouvais pas, je préférais un autre mensonge, un de plus, un petit mensonge de rien du tout plutôt qu'un grand chambardement. Et encore plus en l'ayant en face de moi.

J'aurais pu faire le choix inverse. J'aurais pu, en le voyant, en vivant la situation, ressentir le besoin de lui épargner cette nouvelle mystification et de le mettre face à la vérité nue de son histoire, mais j'ai opté pour l'autre voie.

J'aurais pu impliquer Olivia dans mon récit, mais il était quand même plus simple de faire porter le chapeau à quelqu'un d'autre. Alors j'ai brodé à partir de l'alibi ébauché par Florence, cette histoire qui n'avait pas eu lieu, avec une femme qui n'existait pas.

Elle s'appelait Samantha. Deux jours après notre rencontre j'étais persuadé qu'on ferait notre vie ensemble, qu'on aurait des enfants et tout, le coup de foudre. Dit comme ça c'est plutôt banal, mais à vivre ce n'est pas rien, c'est d'une puissance hallucinante, ça emporte tout sur son passage. Elle aussi était amoureuse, c'était la rencontre d'une vie, oui. Avec elle j'ai découvert un sentiment nouveau, en tout cas un sentiment que je n'avais jamais éprouvé à un tel niveau d'intensité, j'étais fou de jalousie. Tu connais peut-être ça. Et elle l'était tout autant, si bien qu'on s'est imposé de faire le ménage dans notre passé et d'en finir avec toute notre vie d'avant. Ça a été terrible, j'ai dû choisir entre Samantha et toi. Je t'aimais, Jim, si tu savais comme je t'aimais. Mais tu étais au Canada, tu avais retrouvé ton père, on ne vivait plus ensemble. Samantha représentait l'avenir, Samantha c'était la possibilité d'une vie nouvelle, d'une vie pleine de surprises, d'une vie de famille heureuse, d'une vie de famille vraiment à moi. Et ça n'a pas marché. Elle a enchaîné quatre fausses couches, dont une à plus de cinq mois de grossesse, je ne sais pas si tu imagines ce que ça représente. Ça nous a bousillés. Quand j'ai revu ta mère à Saint-Claude, on venait de se séparer. Florence m'a dit que tu allais bien, que tu avais des amis, que tu t'étais fait à la vie à Montréal, et on n'a pas voulu prendre le risque de raviver la douleur de cette rupture brutale, on a pensé que c'était trop tôt.

Il avait l'air convaincu par mon récit, et je me suis dit que j'avais bien fait de ne pas craquer. Puis je suis allé chercher un album et je lui ai montré quelques photos de lui qu'il n'avait jamais vues. Il s'était souvent demandé pourquoi il avait si peu de photos de son enfance, et c'est vrai que Florence n'en faisait jamais quand on vivait ensemble, puisque c'était moi qui m'en chargeais. Je lui en ai donné certaines. J'ai précisé qu'il y en avait d'autres à venir.

J'ai ressorti mon appareil pour faire un portrait de lui : le jour des retrouvailles. J'ai demandé à Olivia de nous prendre tous les deux sur le canapé, j'avais tellement peur qu'il disparaisse à nouveau.

On a mangé tous les trois à la maison. Jim nous a parlé de sa passion pour la montagne, il avait repéré une formation pour devenir guide de randonnée, mais pour l'instant il faisait des études de musicologie. Il avait troqué le rock de sa mère pour la techno minimaliste, et il continuait à jouer de la guitare mais il composait surtout avec son ordi et ses synthétiseurs.

Il a dormi à la maison, et il est reparti le lendemain en fin de matinée. On a échangé nos numéros de téléphone. Je lui ai dit que j'avais très envie de le revoir.

25

À la fin de l'été il m'a annoncé qu'il avait décidé de rester en France pour un an. Je n'étais pas pour rien dans son choix, mais il y avait aussi ce collectif de jeunes musiciens dont il s'était rapproché, des musiciens bruitistes, comme il les appelait. J'ai assisté à une de leurs soirées et il est même monté sur scène, ça m'a plu, bien sûr que ça m'a plu, comment aurait-il pu en être autrement ?

Il a tout de suite trouvé du boulot, un contrat de vingt-cinq heures à la boutique Relay de la gare de Grenoble. Je me suis remis sur les réseaux sociaux et je m'abonnais à tout ce qui l'intéressait — je délaissais les mangas d'Olivia pour John Cage et Pierre Henry. On se voyait presque tous les week-ends, j'ai refait de l'escalade pour la première fois depuis l'adolescence, je me suis même essayé à la via ferrata, mais on faisait surtout de longues marches dans la nature autour de chez lui, en Chartreuse ou dans le Vercors, on préférait explorer des endroits nouveaux, ceux de notre vie d'aujourd'hui. On emportait le pique-nique et on passait des heures à discuter, et quand il me questionnait sur Samantha, est-ce que je la revoyais, est-ce que je savais ce qu'elle devenait, j'avais toujours peur de me griller, peur qu'il relève une incohérence. J'étais donc censé avoir rencontré Olivia un an après ma séparation avec Samantha, il ne fallait pas que je m'emmêle les pinceaux. Quand il venait me voir à Prénovel et qu'on s'enfermait dans le labo pour tirer une ou deux photos, on revenait sur son enfance, dont il avait oublié beaucoup de choses. Florence ne lui avait rien raconté de notre vie aux Trois Cheminées avant le retour de Christophe, de notre vie à tous les trois, et tous les quatre avec Monique. D'ailleurs il la reconnaissait à peine, sa grand-mère.

Ce n'était pas tant les photos de lui qui l'intéressaient que celles des gens qui l'entouraient à l'époque, ses copains de classe, ses copains du foot, les anciens amis de sa mère, comme Cécile et Bruno, dont il n'avait jamais entendu parler. Je savais qu'il passait beaucoup de temps au téléphone avec sa mère, parce que de nouvelles questions ne cessaient de surgir. Pour elle non plus ça ne devait pas être simple de répondre, de dire des choses vraies sans dire exactement la vérité. Jim rassemblait peu à peu les pièces du puzzle de sa courte vie et ça le passionnait. J'avoue que ça m'étonnait toujours un peu, le sérieux qu'il investissait dans cette entreprise, je le trouvais d'une telle maturité, il était précis, appliqué, ordonné, concentré, comme un retraité qui se lance dans la généalogie. J'avais parfois envie de plus de légèreté entre nous, l'escalade, la via ferrata, j'en redemandais, je voulais simplement qu'on fasse des choses ensemble, qu'on s'amuse ou même juste qu'on regarde un film en s'empiffrant de chocolat, mais ça semblait l'ennuyer d'avance. Avec lui il fallait parler, toujours parler. Même suspendu à deux cents mètres du sol contre une falaise de roche calcaire il ne lâchait pas ses obsessions. Je faisais de mon mieux pour lui donner satisfaction. C'était un sacré gamin, quand même. Il me tuait avec ses réflexions toujours profondes, toujours tellement réfléchies. Il avait une manière très particulière de vous écouter, les yeux plissés, la tête en avant. Et parfois, d'un coup, il se fermait. Il ne fallait plus rien dire, il ne fallait plus l'emmerder et il vous le faisait bien comprendre. Il lui arrivait de s'éloigner un peu, de s'isoler. Et quelques heures plus tard, ou le lendemain ou la fois d'après, il revenait à la charge avec de nouvelles remarques et de nouvelles interrogations. Comme avec les photos, il ne s'intéressait pas seulement à son histoire, il s'intéressait aux autres, il s'intéressait à la vie des autres. Je me rendais compte qu'il ne savait rien de ma vie. Rien de cette première histoire entre mes quinze et vingt ans. J'ai hésité à lui raconter mon séjour en prison, mais j'ai pensé que ce n'était pas le bon moment. Il s'entendait bien avec Olivia. Sur certains sujets ils avaient même une complicité que je n'avais pas avec lui, ni même avec elle. Ils se retrouvaient sur des domaines d'ordre culturel, la musique, les séries, sur lesquels je n'étais pas aussi calé qu'eux. Ils étaient tous les deux de vrais citadins. Je surjouais souvent le plouc à leur contact. Mais ce n'était pas du tout comme ça que Jim me voyait.

Son truc à lui c'était de me présenter comme un Indien. C'était comme ça qu'il parlait de moi à ses amis de Grenoble. Son histoire familiale fascinait la plupart des gens qu'il rencontrait : le changement de père en cours de route, la perte d'un demi-frère et d'une demi-sœur qu'il n'avait pas connus, et puis les treize ans à l'étranger. Une trajectoire tumultueuse qui justifiait cette gravité ou du moins cette intensité qu'on percevait chez lui. Mais ce qui fascinait surtout ses amis c'était sa relation avec ce pseudo-parrain qui vivait quasi dans les bois. J'avais toujours ma vieille caravane dans le jardin, et Jim dormait dedans quand il venait me voir. Il la prenait en photo sous tous les angles et les publiait sur Instagram. Après tout, une caravane c'est presque une tente, et une tente c'est presque un tipi, alors bon, si ça les amusait, si ça pouvait leur faire plaisir. J'avais beau ne pas me trouver très crédible dans ce rôle de fumeur de calumet, il suffisait que je me taise pour écrire ma légende.

Un jour je lui ai fait la surprise de débarquer à Grenoble sans prévenir, j'imaginais qu'on passerait la fin de journée et la soirée et même la journée du lendemain qui était un dimanche ensemble. C'est ce qui s'est passé, mais quand je me suis présenté avec ma boîte de Tic-Tac et mon journal à la caisse de la boutique Relay, je m'attendais à une autre réaction. Il a pris un air glacé en me voyant. Aymeric, qu'est-ce que tu fous là ?

On ne s'était pas vus depuis trois semaines et j'étais tellement content de mon initiative, et puis j'avais le coffre blindé de cadeaux, des poireaux du jardin, deux pots de miel de mon voisin Jean-Pierre, je lui avais même acheté une nouvelle casquette.

T'aurais pu prévenir. J'ai une vie, tu sais. T'as de la chance, je n'ai rien d'important ce week-end, mais la prochaine fois tu téléphones...

Cette situation aurait dû m'alerter, mais sur le coup j'ai pris ça à la légère. D'ailleurs on a passé un bon moment tous les deux. Le dimanche on a marché plus de sept heures en Chartreuse, je suis rentré complètement séché.

Un autre jour, au réveil, ça m'est venu comme ça, une idée de génie. Je l'ai aussitôt appelé pour lui en faire part. Tu sais que la saison des mariages va bientôt reprendre, je me suis dit qu'on pourrait s'associer dans le boulot. On conçoit une formule, un package photo + animation musicale. On te présente comme un DJ venu de Montréal, les invités ne retiendront que ça de la fête, ils diront, ah, c'était super, le DJ était canadien... Les gens adorent ce genre de petite particularité, ils en profitent pour se faire mousser.

Jim m'a simplement répondu qu'il n'en avait pas envie, sans argumenter. Ça m'a un peu déçu. J'en ai parlé à Olivia, et elle avait du mal à croire que j'aie pu lui faire une telle proposition en imaginant sérieusement que ça l'emballerait. Tu vois bien ce qu'il écoute, ce qu'il compose...

Ça va, je ne le prends pas pour un animateur de kermesse, mais tant qu'à faire un peu d'alimentaire, entre ça et bosser à la gare...

Mais justement, il choisit de ne pas mélanger ses activités alimentaires et sa pratique musicale. Il tient à cette liberté de ne faire que la musique qui l'intéresse. Tu dis toi-même que depuis que tu fais les mariages, tu ne prends plus de photos pour toi.

Sauf que je n'avais jamais revendiqué de prétention artistique dans la photo. À la rigueur, ce qu'il y avait de plus artistique dans ma pratique, c'était ce délai aberrant entre le moment de la prise de vue et celui du développement. Pour ça, fallait être un peu toqué, oui.

En tout cas j'avais fait un sacré flop avec mon idée de génie.

J'en ai eu une autre pour me rattraper, une autre idée, mais j'en ai d'abord parlé à Olivia et à ma sœur. Et si j'invitais Jim aux Nuits sonores, le festival électro de Lyon ?

Là, elles ont validé.

26

Olivia s'est penchée sur la programmation pour m'aider à sélectionner la meilleure nuit, comme ils appelaient ça. Aurélie nous a donné trois invitations.

Le jour venu j'ai récupéré Jim à la gare Part-Dieu et on a retrouvé Olivia chez des amis à elle. Jusqu'ici il n'était toujours au courant de rien. Olivia les avait tous prévenus, sauf un, qui a débarqué en fin de soirée : alors, on va tous aux Nuits sonores ? Patatras. Tant pis pour l'effet de surprise. Un peu avant minuit, on est partis en direction des anciennes usines Fagor-Brandt, dans le quartier de Gerland.

Fagor-Brandt, c'était de l'électroménager, des gazinières et des machines à laver. Mais on n'y pensait pas ou à peine, on ne pensait pas à tous ceux qui étaient venus bosser pendant des années à l'endroit même où on dansait ce soir. On ne pensait pas aux autres, on n'était pas là pour ça, pourtant on était très entourés, on était des milliers, une dizaine de milliers, et on ne pensait qu'à soi. C'est le principe d'un concert, vous me direz, même s'il ne s'agissait pas vraiment d'un concert, quand je sortais avec Olivia on n'allait pas *au concert* mais *en soirée*. Les concerts, c'était du temps de Florence. D'ailleurs je m'étais toujours un peu fait chier dans ces configurations. La séparation avec le public était trop marquée, le groupe s'éclatait sur scène, et nous, on regardait sagement en attendant la fin du morceau pour applaudir. Dans un concert normal le public ne participe pas assez, on peut être impressionné par la performance mais on ressent toujours une petite frustration de ne pas être sur scène, de ne pas être à leur place. Il y a trop d'années d'apprentissage, trop de technique voyante entre nous, trop de savoir-faire étalé. Dans les soirées où m'emmenait Olivia, la technique était dissimulée, réduite à quelques machines banales, et le DJ était simple, sa présence n'était pas écrasante, il ne faisait pas le show. C'était un gourou accessible, un dieu à taille humaine. Un dieu en vieux tee-shirt et jean serré. Un dieu timide, comme nous. Ce soir on ne le voyait pas très bien et on se foutait de savoir à quoi il ressemblait, on se foutait de savoir si c'était un homme ou une femme, d'ailleurs on n'en savait rien. On n'était pas là pour regarder mais pour participer, on était là pour danser, on était là pour faire le spectacle, c'était nous le spectacle, c'était la foule animée. Finalement le DJ était le seul spectateur, c'était lui qui nous rendait acteurs, il ne demandait pas le silence, il ne nous interdisait pas de bouger ni de crier, et c'était sans doute la raison pour laquelle le volume était aussi élevé, pour qu'on puisse crier le plus fort possible sans que ça gêne personne et sans qu'on passe pour des fous. C'était tout le contraire de l'usine. À l'usine on assemble des machines à laver ; aujourd'hui c'était nous les machines à laver, en mode essorage durant toute la nuit. Ça oui, ça secouait, attention les verres en plastique consignés qui volaient en l'air, et attention les téléphones qu'on brandissait à bout de bras, même s'il n'y en avait pas tant que ça en vérité des téléphones, car on voulait être libres de nos mouvements, on voulait être légers. On sortait une cigarette et un sachet d'herbe et on se roulait un joint en serrant le gobelet entre les dents, en dodelinant de la tête, en appréciant les changements de couleur sur nos mains, sur nos bras, sur le sac à dos de Jim parfaitement immobile devant nous et sur sa peau, sur sa nuque éclairée au néon, sur sa casquette qui passait du vert au bleu au rose au jaune tout comme nos doigts et entre eux le collage qui accueillait dans la pliure le tabac et les têtes émiettées. On mouillait la bande collante et on enflammait l'extrémité du cône qui crépitait tout en avalant une grande bouffée puis une autre, avant d'attraper Jim par les épaules en lui transmettant le joint, Jim qui ne dansait pas, qui ne bougeait pas d'un poil, qui tirait deux petites taffes seulement et qui le proposait à un pote d'Olivia à ses côtés. J'essayais de le comprendre, j'essayais de me mettre à sa place, je me rappelais les toutes premières sorties en boîte avec Olivia, à l'époque j'avais toujours besoin d'un temps d'adaptation, j'avais besoin de me mettre en condition, de gober un cacheton, un quart de taz, pour pouvoir m'abandonner. C'était ce qu'il lui fallait, à Jim. Olivia m'en a donné un demi que j'ai coupé en deux au creux de ma main et j'ai avalé ma part et tendu l'autre moitié à Jim, qui m'a regardé de travers, haussements de sourcils et tout, il n'en voulait pas. J'ai approché ma main de sa bouche et il s'est détourné sèchement. J'ai ri, j'ai même éclaté de rire, et je l'ai gobé à sa place et me suis remis à danser avec les bras levés, les mains, les doigts qui pianotaient dans le vide et en rythme, je me sentais bien, ça me faisait tellement plaisir de partager ce moment avec lui.

Je lui ai proposé d'aller prendre une autre bière et on a laissé Olivia et ses potes en plan et on a quitté la salle, le hangar, la halle, comme ils appelaient ça. Dehors il y avait presque autant de monde qu'à l'intérieur et on a remonté les allées entre les différents bâtiments en croisant des boucles d'oreilles clignotantes, des dizaines de lunettes de soleil alors qu'il faisait nuit, un maillot de basket rouge floqué du numéro vingt-trois en compagnie d'un maillot de basket jaune floqué du numéro vingt-quatre, on a trouvé un comptoir où faire remplir nos gobelets, après quoi on s'est arrêtés dans un coin et on a parlé cinq minutes avec un couple de trentenaires qui nous ont appris que la bière était aromatisée à la vodka. Je me disais bien qu'elle avait un drôle de goût, un goût d'alcool de jeunes. T'as quelque chose contre les jeunes, toi ? m'a retourné un môme à l'accent belge qui passait par là. Et il m'a aussitôt pris dans ses bras et m'a carrément embrassé sur la bouche. Ses potes étaient tous pliés en deux et Jim n'a pas eu l'air de trouver ça drôle. On a continué à marcher parmi la foule agitée et je constatais que la moyenne d'âge était assez élevée, je veux dire qu'il n'y avait pas que des gosses, loin de là, je veux dire que je ne me sentais pas spécialement vieux, je veux dire que je ne faisais pas spécialement tache au milieu des autres, en tout cas je n'en avais pas l'impression. Je commençais à être bien, l'effet du taz était vraiment bon et j'avais envie de retourner danser, de retourner m'en prendre plein le dos, plein la tête, plein les tympans, et j'ai attrapé Jim par la main pour l'attirer vers une autre scène et il l'a tout de suite retirée. Il m'en fallait plus pour me couper dans mon élan et en me retournant pour voir s'il suivait je me suis rendu compte qu'il n'était plus là. Je suis revenu sur mes pas, il était planté au milieu de la foule et ne bougeait plus.

Je vais y aller. Je vais rentrer.

Qu'est-ce qui se passe, Jim ?

Je suis pas bien.

Comment ça, t'es pas bien ?

Je ne lui avais jamais vu cette tête, comme s'il était en colère.

J'ai pas envie de ça. J'en ai marre…

J'étais dans un tel état d'euphorie que je ne pouvais pas accepter. Autour de nous ça remuait, ça grouillait, ça fourmillait, et Jim, lui, restait là, immobile et sombre, ça ne collait pas, une telle attitude n'avait pas sa place ici.

Mais qu'est-ce que tu racontes… Allez, viens danser.

J'ai passé un bras autour de ses épaules et il m'a repoussé violemment.

Lâche-moi. Laisse-moi tranquille.

Mais Jim…

J'en peux plus. J'en ai marre. On se voit trop. C'est lourd pour moi. On se voit presque tous les week-ends, c'est trop, c'est beaucoup trop.

Les gens se retournaient en passant à côté de nous. On percevait des petits commentaires, du style : oh, faut se détendre ; hou là, c'est chaud, ici.

Tu m'appelles presque tous les jours. Tu m'envoies des tonnes de SMS. Tu t'es pas rendu compte que je t'ai bloqué partout, sur WhatsApp, sur Insta ? J'en peux plus de tes messages et de tes liens bidon. Tu comprends rien à ma musique. Tu comprends rien à ce que je fais, tu comprends rien à ce qui me plaît. C'est pas grave, je t'en veux pas, mais arrête de chercher à me faire plaisir, de toute façon ça crée tout le contraire, ça m'oppresse, ça m'étouffe.

Je ne pensais pas du tout…

Là, tu me fais la surprise, c'est sympa, je te remercie, mais c'est pas avec toi que j'ai envie de faire la fête. C'est pas avec toi que j'ai envie de danser. Je suis pas ton pote.

J'ai encore essayé d'en placer une, mais je me suis mis à bafouiller, et il ne m'a pas loupé.

En plus t'es complètement défoncé. Regarde-toi, tu fais pitié, franchement.

Il est parti, il s'est barré d'un pas énergique, et il s'est vite arrêté pour s'adosser contre un mur en parpaing sur lequel était projeté le logo de cette bière à la vodka qu'on avait bue ensemble dix minutes plus tôt. Je m'attendais à tout sauf à ça. Ah non, je n'avais rien vu venir.

Je ne le lâchais pas des yeux. Il avait l'air de bouder, là-bas. Il ne me regardait pas, mais il sentait forcément ma présence.

Il me faisait l'effet d'un ado rageur, d'un ado en crise. En tout cas c'était comme ça que je me plaisais à le voir. Il m'avait raconté avoir été un ado soumis, un ado docile, un ado qui avait toujours cherché à satisfaire et à préserver ses parents, alors j'étais un peu fier de cette exclusivité. Je voulais croire qu'il se rattrapait, avec quelques années de retard, qu'il s'autorisait avec moi ce qu'il ne s'était pas autorisé avec sa mère ni avec Christophe, comme s'il s'était réservé pour moi, comme s'il m'avait attendu.

Quand je me suis rapproché de lui, il avait retrouvé son air intense mais posé, cet aplomb si surprenant pour quelqu'un de son âge. À mon arrivée il s'est remis à marcher, je l'ai suivi.

J'étais sur le point de lui présenter mes excuses mais c'est lui qui a dégainé le premier.

Tu cherches à tout prix à combler ce trou noir de treize ans, mais ça n'a aucun sens. C'est trop tard, maintenant. Aujourd'hui je veux être avec mes amis, c'est avec eux que je veux faire la fête, pas avec les tiens. Pas avec mon beau-père ou mon parrain ou je ne sais trop quoi…

Ah, vous êtes là.

Olivia a surgi entre nous.

On change de scène, on va dans la première, je t'envoie un message pour te dire à peu près où on se met.

O.K., ça marche.

Il y a un problème ? Ça n'a pas l'air d'aller…

Oui, on est en pleine discussion.

Et de nouveau Jim s'est détourné et a commencé à tracer.

Je l'ai vite rattrapé.

Putain mais tu comprends pas quand je te dis de me laisser tranquille ? C'est trop dur pour moi. Faut qu'on arrête de se voir.

Quoi ?

Olivia m'avait suivi. Elle ne comprenait pas plus que moi ce qui lui arrivait.

J'en ai marre…

Il était à cran. Il était presque en larmes.

J'en ai marre, Aymeric.

Il est venu poser ses deux mains sur mes épaules.

Je ne peux plus… C'est trop difficile…

En retirant ses mains il a balancé ses bras le long de son corps, il avait l'air à bout de forces.

C'est trop tard… C'est trop tard, Aymeric.

Tu cherches à corriger tes erreurs, mais le mal est fait. Tes invitations, toutes ces attentions, c'est gentil, mais fallait y penser plus tôt, fallait réfléchir avant. Tous ces cadeaux, j'aurais voulu que tu me les fasses quand j'étais en âge de les recevoir. Je suis heureux de ces retrouvailles, j'en parle tout le temps avec Charlotte et elle me dit à quel point elle me trouve changé depuis qu'on se revoit, mais je t'en veux, je ne peux pas ne pas t'en vouloir. T'imagines même pas comme j'en ai chié. Toi, t'as coupé les ponts, tu m'as laissé tomber pour cette femme… T'aurais pu garder un lien avec moi en secret, sans rien lui dire. Et puis t'aurais pu te manifester quand ça s'est terminé avec elle.

J'en ai parlé avec ta mère, on a estimé que ce n'était pas une bonne idée. T'avais quinze ans…

Mais tu te rends compte, il a fallu que ce soit moi qui vienne te voir pour que tu te réveilles. Maintenant tu voudrais qu'on fasse comme si de rien n'était, comme s'il ne s'était rien passé. C'est pas possible, ça. J'ai été ton fils pendant dix ans, mais c'est fini, c'est fini depuis longtemps. J'ai trop souffert pendant toutes ces années. J'ai toujours cette rancœur au fond de moi. Ça fait remonter trop de violence. Tu vois un peu l'état dans lequel ça me met. Je n'arrive pas à te pardonner. Je ne peux pas te pardonner aussi facilement. Je ne comprends pas comment tu as pu me faire ça, même pour une femme, je ne comprends pas…

Il trépignait sur place.

Faut qu'on arrête de se voir. C'est trop dur pour moi.

Il est reparti en direction de la grande halle, il marchait lentement et on l'a suivi. Olivia me parlait mais je n'entendais rien. Le son m'était insupportable. Ces beats métalliques et ces basses énormes m'agressaient. Pour tous les gens autour ça avait l'air si bon — et je connaissais bien ça, quand la pression monte, quand le rythme s'empresse, et puis quand ça bascule d'un coup : explosion de joie sur les dalles cimentées, sous les toitures en tôle et les armatures en acier, sous les tuyaux d'aération amputés et tous les tubes et toutes les vieilles lampes suspendues au plafond qui n'étaient plus reliées à rien —, mais je n'étais pas dans les bonnes dispositions. Je venais de me prendre un énorme coup sur la tête. J'avançais parmi la foule en me bouchant les oreilles, je me faufilais parmi les bras en l'air, pliés, dressés, les poings serrés qui marquaient le tempo, je me frottais à ces corps déliés, ces hanches liquides, ces bassins glissants, et je ne le voyais plus devant moi. Je ne voyais plus Olivia non plus. Je me retournais sur toutes les têtes, tous ces visages déformés par le plaisir, par l'alcool, par la drogue et par les flashs et les lasers et les coups de stroboscope, et aucun ne leur ressemblait. Je secouais mon tee-shirt parce que j'avais besoin de fraîcheur. J'étais complètement à la ramasse. J'étais presque au pied de la scène, maintenant, à trois mètres des barrières, je me suis arrêté et j'aurais voulu me téléporter, chez moi de préférence, dans mon lit, ou bien chez Olivia, n'importe où finalement mais loin d'ici. Je rendais les armes, je lâchais l'affaire, je cessais de lutter contre un courant trop puissant et je me laissais couler. Je laissais la foule me submerger, la foule, la musique, j'oubliais tout et tout le monde. Je fermais les yeux et je ne bougeais plus. Je les rouvrais et je trouvais ça vertigineux. Je les refermais aussitôt.

J'ignore combien de temps ça a duré, peut-être cinq minutes, peut-être deux, peut-être trente secondes seulement. J'ai entendu : il est là. J'ai rouvert les yeux, et Olivia et Jim étaient devant moi. Elle s'est mise à me crier dans les oreilles.

Ça suffit, maintenant tu lui dis.

Et, en s'adressant à Jim, tout en criant aussi.

Tu ne sais pas tout.

J'aurais voulu pouvoir déconnecter la sono, couper le courant, exiger le silence total et demander à tout le monde de partir, puisque je n'avais pas la force de le faire moi-même.

Je voulais qu'on me laisse tranquille.

J'en voulais à Olivia. Je lui en voulais d'être aussi excitée, d'être aussi défoncée, d'être aussi décidée à me faire dire des choses que je ne voulais pas dire, des choses que je n'avais pas à dire.

Si tu ne le fais pas, c'est moi qui m'en charge.

Mais j'avais bien conscience que sans ça, je risquerais de le perdre encore, de le perdre définitivement. Je n'avais pas le choix.

Quand je me suis approché de lui, j'ai tout de suite senti qu'il était prêt à m'écouter.

Jim, il faut que tu saches…

Je retrouvais ma voix. Je réussissais à crier, à crier plus fort que la musique, à me faire entendre malgré le volume sonore.

Et tout en lui parlant je m'étonnais de ce que j'étais en train de faire, de ce qui était en train de se passer. J'avais du mal à croire que j'étais vraiment en train de lui dire ou plutôt de lui gueuler la vérité sur son histoire, sur notre histoire à tous les deux.

Ces derniers temps j'avais fini par intégrer l'idée qu'on resterait prisonniers de ce mensonge gluant durant toute notre vie. Ou bien j'espérais qu'il découvrirait la vérité tout seul, ou que ça viendrait d'un autre, de Florence ou même de Christophe.

Il m'écoutait sans bouger, sans réagir. Il avait l'air de croire à ce que je lui racontais.

On a fait quelques pas pour s'éloigner de la scène et du mur d'enceintes — drôle de bande-son pour une telle révélation. Maintenant il savait tout. Enfin, dans les grandes lignes. Il savait que je ne l'avais pas abandonné, que ce n'était pas moi qui avais coupé, qu'il n'y avait jamais eu de Samantha, qu'on avait tout inventé pour protéger sa mère et son père, oui, certes, mais dans le fond, cet alibi m'arrangeait bien moi aussi. Car il justifiait mon inaction, mon attentisme.

Pourtant, tu m'as tellement manqué, Jim. Je n'ai jamais cessé de penser à toi.

On a encore beaucoup parlé. Après ça, vous

vous doutez bien qu'on n'avait plus trop la tête à danser, mais on est restés sur place quand même. On est retournés commander des bières et je me suis acheté un paquet de bonbons qui a accompagné ma descente après les cachetons avalés quelques heures plus tôt. J'étais allé si loin dans la panique et dans l'angoisse que ça ne se passait pas si mal. Le moment coïncidait avec le lever du soleil, c'était plutôt agréable.

Aurélie nous a rejoints et c'est Olivia qui lui a tout expliqué, puis ma sœur est venue nous enlacer Jim et moi, visiblement elle était encore bien perchée.

On a quitté le site des anciennes usines Fagor tous les quatre. Les yeux piquaient un peu, les oreilles sifflaient. On a traversé une ruelle pleine de camionnettes blanches au volant desquelles des prostituées noires n'avaient pas plus dormi de la nuit que nous et on a marché jusqu'aux berges du Rhône. On avançait à contre-courant du fleuve qui s'écoulait à notre gauche, et je me sentais de plus en plus faible. Sans doute la drogue, la fatigue, la faim, un mélange de tout ça. La lumière en pleine figure et les reflets à la surface de l'eau n'arrangeaient rien à mon état. J'avais l'impression de dériver lentement. Je n'entendais plus rien, je n'étais plus vraiment là. En arrivant au niveau du pont Gallieni j'ai été pris d'un frisson et je me suis effondré.

27

Quand je suis revenu à moi, une dizaine de personnes m'encerclaient sur le bitume, des têtes que je ne connaissais pas et d'autres qui m'étaient plus familières.

Aymeric, t'es là ? Tu nous entends ? T'es avec nous ?

Est-ce que Jim…

Ça va, il parle. C'est Olivia, regarde-moi.

Combien de doigts, Aymeric ?

Je veux voir Jim…

Allez, Aymeric, combien de doigts ?

Mais arrête avec ça. Enlève ta main, toi. Écartez-vous. Laissez-le tranquille. Faut lui donner de l'eau. Quelqu'un a une bouteille ?

J'ai un fond de Coca…

Super. Tu veux du Coca ?

Je veux voir Jim…

Jim ? Il est juste derrière toi. Calmez-vous, oh, c'est pas un spectacle. C'est qui l'abruti qui m'a poussée.

J'avais l'impression de m'extraire d'un rêve

tenace, mais ça ne pouvait pas être un rêve, non, l'échange avec Jim, je ne pouvais pas l'avoir inventé.

J'avais peur que tu sois parti.

Je suis là.

Les pompiers arrivent, a fait Aurélie. Faites-leur de la place.

Je m'agrippais à cette bouteille de Coca comme à une bouée, comme pour ne pas replonger de l'autre côté.

Laissez-les passer.

La petite foule autour de nous s'est écartée. Olivia et ma sœur ont rapidement présenté la situation aux trois agents, avant qu'ils rejoignent Jim à mon chevet en ouvrant leurs sacs de secouristes.

C'est votre père ?

Non, c'est mon… C'est mon…

Vous avez mal quelque part, monsieur ?

Enfin, *c'était* mon père…

Le pompier qui prenait ma tension a éclaté de rire.

Il est encore vivant. Regardez, il respire…

C'est pas ce que je voulais dire, a fait Jim en riant lui aussi. C'était mon père quand j'étais petit… Jusqu'à mes dix ans, quoi. Et puis un jour, mon vrai père… Enfin, c'est une longue histoire.

La tension est un peu basse… Est-ce que vous ressentez une douleur dans la poitrine ?

Maintenant, c'est mon parrain…

O.K. Je vais vous demander de reculer un peu.

Reste là, Jim.

Ne parlez pas. Restez tranquille.

Je me sens bien.

Des douleurs dans la poitrine, à la tête, au ventre ?

J'ai bafouillé que ça allait.

Restez calme, monsieur.

Je suis calme.

Restez allongé. Ne bougez pas. Est-ce que vous avez chaud ? Est-ce que vous avez froid ? Vous avez peut-être consommé des drogues, cette nuit ?

Je crois, oui.

Jim a rejoint Aurélie et Olivia, et tous les trois étaient plutôt détendus, ils souriaient.

Vous pouvez me dire votre âge, monsieur ?

Et ça va, je connaissais encore mon âge.

Je peux m'asseoir ?

Vous avez envie de vous asseoir ? On va vous aider.

Mais je n'ai presque pas eu besoin de leur soutien pour me redresser.

C'est la première fois que vous faites un malaise comme ça ?

Oui, c'est la première fois. Je peux me lever, maintenant ?

Allez-y, essayez de vous lever.

Est-ce que vous avez des problèmes de santé ? Est-ce que vous suivez un traitement ?

Rien de tout ça.

J'ai réussi à me mettre debout sans trop de problèmes. Les trois pompiers m'observaient comme un gamin qui fait ses premiers pas. Je leur ai donné mon adresse et mon numéro de téléphone et je leur ai promis de me rendre aux urgences si je devais être sujet à des vomissements ou des maux de tête fulgurants d'ici quelques jours. Je leur ai garanti que je n'avais pas besoin d'eux pour rentrer chez moi, du moins chez Olivia dans un premier temps. Je les ai remerciés et j'ai acquiescé à leurs recommandations : reposez-vous, allez-y doucement.

Quand ils sont partis, Aurélie, Olivia et Jim se sont rassemblés autour de moi, et les passants qui s'étaient arrêtés ont fini eux aussi par s'en aller.

Alors, on ne tient plus l'alcool ? m'a lancé ma sœur.

Puis elle s'est absentée quelques minutes et nous a rapporté des croissants et des paninis qu'on a mangés assis au bord du fleuve, un peu à l'écart du pont. L'eau n'était pas aussi claire que dans les lacs du Jura. On ne voyait même pas le fond.

Dans notre dos les joggeurs et les cyclistes continuaient à défiler.

Ils sont pas mauvais, ces sandwichs.

À notre droite se trouvait la péniche le *Pacha*, qui proposait des formations de sauvetage en mer.

Ah oui, ils sont même délicieux.

En face de nous s'étendait le quartier de Perrache avec sa gare et l'échangeur marquant la transition entre l'A6, qui venait de Paris, et l'A7, qui descendait jusqu'à Marseille. Cette autoroute qu'on appelait l'autoroute du Soleil.

Olivia, tu peux me passer la bouteille ?

Tu chopes ?

Jim mâchait son pain lentement tout en regardant son téléphone. Je n'ai pas osé le déranger, alors j'ai sorti le mien. Même pas huit heures du matin, la journée venait tout juste de commencer.

DU MÊME AUTEUR

Aux Éditions P.O.L

POLICHINELLE, 2008 (Folio n° 5020)

MICHAEL JACKSON, 2011 (Folio n° 5440)

L'ÉTOILE DU HAUTACAM, 2016

L'HOMME DES BOIS, 2017 (Folio n° 6535). Prix Blù Jean-Marc Roberts 2017

LES ENFANTS DES AUTRES, 2020

LE ROMAN DE JIM, 2021 (Folio n° 7103)

Aux Éditions Cambourakis

À LA POINTE, 2021

COLLECTION FOLIO

Dernières parutions

6813. Albert Cossery	*Les affamés ne rêvent que de pain*
6814. Georges Rodenbach	*Bruges-la-Morte*
6815. Margaret Mitchell	*Autant en emporte le vent I*
6816. Margaret Mitchell	*Autant en emporte le vent II*
6817. George Eliot	*Felix Holt, le radical.*
6818. Goethe	*Les Années de voyage de Wilhelm Meister*
6819. Meryem Alaoui	*La vérité sort de la bouche du cheval*
6820. Unamuno	*Contes*
6821. Leïla Bouherrafa	*La dédicace.*
6822. Philippe Djian	*Les inéquitables*
6823. Carlos Fuentes	*La frontière de verre.* Roman en neuf récits
6824. Carlos Fuentes	*Les années avec Laura Díaz.* Nouvelle édition augmentée
6825. Paula Jacques	*Plutôt la fin du monde qu'une écorchure à mon doigt.*
6826. Pascal Quignard	*L'enfant d'Ingolstadt. Dernier royaume X*
6827. Raphaël Rupert	*Anatomie de l'amant de ma femme*
6828. Bernhard Schlink	*Olga*
6829. Marie Sizun	*Les sœurs aux yeux bleus*
6830. Graham Swift	*De l'Angleterre et des Anglais*
6831. Alexandre Dumas	*Le Comte de Monte-Cristo*
6832. Villon	*Œuvres complètes*
6833. Vénus Khoury-Ghata	*Marina Tsvétaïéva, mourir à Elabouga*
6834. Élisa Shua Dusapin	*Les billes du Pachinko*

6835. Yannick Haenel	*La solitude Caravage*
6836. Alexis Jenni	*Féroces infirmes*
6837. Isabelle Mayault	*Une longue nuit mexicaine*
6838. Scholastique Mukasonga	*Un si beau diplôme !*
6839. Jean d'Ormesson	*Et moi, je vis toujours*
6840. Orhan Pamuk	*La femme aux cheveux roux*
6841. Joseph Ponthus	*À la ligne. Feuillets d'usine*
6842. Ron Rash	*Un silence brutal*
6843. Ron Rash	*Serena*
6844. Bénédicte Belpois	*Suiza*
6845. Erri De Luca	*Le tour de l'oie*
6846. Arthur H	*Fugues*
6847. Francesca Melandri	*Tous, sauf moi*
6848. Eshkol Nevo	*Trois étages*
6849. Daniel Pennac	*Mon frère*
6850. Maria Pourchet	*Les impatients*
6851. Atiq Rahimi	*Les porteurs d'eau*
6852. Jean Rolin	*Crac*
6853. Dai Sijie	*L'Évangile selon Yong Sheng*
6854. Sawako Ariyoshi	*Le crépuscule de Shigezo*
6855. Alexandre Dumas	*Les Compagnons de Jéhu*
6856. Bertrand Belin	*Grands carnivores*
6857. Christian Bobin	*La nuit du cœur*
6858. Dave Eggers	*Les héros de la Frontière*
6859. Dave Eggers	*Le Capitaine et la Gloire*
6860. Emmanuelle Lambert	*Giono, furioso*
6861. Danièle Sallenave	*L'églantine et le muguet*
6862. Martin Winckler	*L'École des soignantes*
6863. Zéno Bianu	*Petit éloge du bleu*
6864. Collectif	*Anthologie de la littérature grecque. De Troie à Byzance*
6865. Italo Calvino	*Monsieur Palomar*
6866. Auguste de Villiers de l'Isle-Adam	*Histoires insolites*
6867. Tahar Ben Jelloun	*L'insomniaque*
6868. Dominique Bona	*Mes vies secrètes*
6869. Arnaud Cathrine	*J'entends des regards que vous croyez muets*

6870. Élisabeth Filhol — *Doggerland*
6871. Lisa Halliday — *Asymétrie*
6872. Bruno Le Maire — *Paul. Une amitié*
6873. Nathalie Léger — *La robe blanche*
6874. Gilles Leroy — *Le diable emporte le fils rebelle*
6875. Jacques Ferrandez / Jean Giono — *Le chant du monde*
6876. Kazuo Ishiguro — *2 nouvelles musicales*
6877. Collectif — *Fioretti. Légendes de saint François d'Assise*
6878. Herta Müller — *La convocation*
6879. Giosuè Calaciura — *Borgo Vecchio*
6880. Marc Dugain — *Intérieur jour*
6881. Marc Dugain — *Transparence*
6882. Elena Ferrante — *Frantumaglia. L'écriture et ma vie*
6883. Lilia Hassaine — *L'œil du paon*
6884. Jon McGregor — *Réservoir 13*
6885. Caroline Lamarche — *Nous sommes à la lisière*
6886. Isabelle Sorente — *Le complexe de la sorcière*
6887. Karine Tuil — *Les choses humaines*
6888. Ovide — *Pénélope à Ulysse* et autres lettres d'amour de grandes héroïnes antiques
6889. Louis Pergaud — *La tragique aventure de Goupil* et autres contes animaliers
6890. Rainer Maria Rilke — *Notes sur la mélodie des choses* et autres textes
6891. George Orwell — *Mil neuf cent quatre-vingt-quatre*
6892. Jacques Casanova — *Histoire de ma vie*
6893. Santiago H. Amigorena — *Le ghetto intérieur*
6894. Dominique Barbéris — *Un dimanche à Ville-d'Avray*
6895. Alessandro Baricco — *The Game*
6896. Joffrine Donnadieu — *Une histoire de France*
6897. Marie Nimier — *Les confidences*
6898. Sylvain Ouillon — *Les jours*
6899. Ludmila Oulitskaïa — *Médée et ses enfants*

6900. Antoine Wauters — *Pense aux pierres sous tes pas*
6901. Franz-Olivier Giesbert — *Le schmock*
6902. Élisée Reclus — *La source* et autres histoires d'un ruisseau
6903. Simone Weil — *Étude pour une déclaration des obligations envers l'être humain* et autres textes
6904. Aurélien Bellanger — *Le continent de la douceur*
6905. Jean-Philippe Blondel — *La grande escapade*
6906. Astrid Éliard — *La dernière fois que j'ai vu Adèle*
6907. Lian Hearn — *Shikanoko, livres I et II*
6908. Lian Hearn — *Shikanoko, livres III et IV*
6909. Roy Jacobsen — *Mer blanche*
6910. Luc Lang — *La tentation*
6911. Jean-Baptiste Naudet — *La blessure*
6912. Erik Orsenna — *Briser en nous la mer gelée*
6913. Sylvain Prudhomme — *Par les routes*
6914. Vincent Raynaud — *Au tournant de la nuit*
6915. Kazuki Sakuraba — *La légende des filles rouges*
6916. Philippe Sollers — *Désir*
6917. Charles Baudelaire — *De l'essence du rire* et autres textes
6918. Marguerite Duras — *Madame Dodin*
6919. Madame de Genlis — *Mademoiselle de Clermont*
6920. Collectif — *La Commune des écrivains. Paris, 1871 : vivre et écrire l'insurrection*
6921. Jonathan Coe — *Le cœur de l'Angleterre*
6922. Yoann Barbereau — *Dans les geôles de Sibérie*
6923. Raphaël Confiant — *Grand café Martinique*
6924. Jérôme Garcin — *Le dernier hiver du Cid*
6925. Arnaud de La Grange — *Le huitième soir*
6926. Javier Marías — *Berta Isla*
6927. Fiona Mozley — *Elmet*
6928. Philip Pullman — *La Belle Sauvage. La trilogie de la Poussière, I*

6929. Jean-Christophe Rufin	*Les trois femmes du Consul. Les énigmes d'Aurel le Consul*
6930. Collectif	*Haikus de printemps et d'été*
6931. Épicure	*Lettre à Ménécée* et autres textes
6932. Marcel Proust	*Le Mystérieux Correspondant* et autres nouvelles retrouvées
6933. Nelly Alard	*La vie que tu t'étais imaginée*
6934. Sophie Chauveau	*La fabrique des pervers*
6935. Cecil Scott Forester	*L'heureux retour*
6936. Cecil Scott Forester	*Un vaisseau de ligne*
6937. Cecil Scott Forester	*Pavillon haut*
6938. Pam Jenoff	*La parade des enfants perdus*
6939. Maylis de Kerangal	*Ni fleurs ni couronnes* suivi de *Sous la cendre*
6940. Michèle Lesbre	*Rendez-vous à Parme*
6941. Akira Mizubayashi	*Âme brisée*
6942. Arto Paasilinna	*Adam & Eve*
6943. Leïla Slimani	*Le pays des autres*
6944. Zadie Smith	*Indices*
6945. Cesare Pavese	*La plage*
6946. Rabindranath Tagore	*À quatre voix*
6947. Jean de La Fontaine	*Les Amours de Psyché et de Cupidon* précédé d'*Adonis* et du *Songe de Vaux*
6948. Bartabas	*D'un cheval l'autre*
6949. Tonino Benacquista	*Toutes les histoires d'amour ont été racontées, sauf une*
6950. François Cavanna	*Crève, Ducon !*
6951. René Frégni	*Dernier arrêt avant l'automne*
6952. Violaine Huisman	*Rose désert*
6953. Alexandre Labruffe	*Chroniques d'une station-service*
6954. Franck Maubert	*Avec Bacon*
6955. Claire Messud	*Avant le bouleversement du monde*
6956. Olivier Rolin	*Extérieur monde*
6957. Karina Sainz Borgo	*La fille de l'Espagnole*
6958. Julie Wolkenstein	*Et toujours en été*

6959.	James Fenimore Cooper	*Le Corsaire Rouge*
6960.	Jean-Baptiste Andrea	*Cent millions d'années et un jour*
6961.	Nino Haratischwili	*La huitième vie*
6962.	Fabrice Humbert	*Le monde n'existe pas*
6963.	Karl Ove Knausgaard	*Fin de combat. Mon combat - Livre VI*
6964.	Rebecca Lighieri	*Il est des hommes qui se perdront toujours*
6965.	Ian McEwan	*Une machine comme moi*
6966.	Alexandre Postel	*Un automne de Flaubert*
6967.	Anne Serre	*Au cœur d'un été tout en or*
6968.	Sylvain Tesson	*La panthère des neiges*
6969.	Maurice Leblanc	*Arsène Lupin, gentleman-cambrioleur*
6970.	Nathacha Appanah	*Le ciel par-dessus le toit*
6971.	Pierre Assouline	*Tu seras un homme, mon fils*
6972.	Maylis Besserie	*Le tiers temps*
6973.	Marie Darrieussecq	*La mer à l'envers*
6974.	Marie Gauthier	*Court vêtue*
6975.	Iegor Gran	*Les services compétents*
6976.	Patrick Modiano	*Encre sympathique*
6977.	Christophe Ono-dit-Biot et Adel Abdessemed	*Nuit espagnole*
6978.	Regina Porter	*Ce que l'on sème*
6979.	Yasmina Reza	*Anne-Marie la beauté*
6980.	Anne Sinclair	*La rafle des notables*
6981.	Maurice Leblanc	*Arsène Lupin contre Herlock Sholmès*
6982.	George Orwell	*La Ferme des animaux*
6983.	Jean-Pierre Siméon	*Petit éloge de la poésie*
6984.	Amos Oz	*Ne dis pas la nuit*
6985.	Belinda Cannone	*Petit éloge de l'embrassement*
6986.	Christian Bobin	*Pierre,*
6987.	Claire Castillon	*Marche blanche*
6988.	Christelle Dabos	*La Passe-miroir, Livre IV. La tempête des échos*
6989.	Hans Fallada	*Le cauchemar*

6990. Pauline Guéna — *18.3. Une année à la PJ*
6991. Anna Hope — *Nos espérances*
6992. Elizabeth Jane Howard — *Étés anglais. La saga des Cazalet I*
6993. J.M.G. Le Clézio — *Alma*
6994. Irène Némirovsky — *L'ennemie*
6995. Marc Pautrel — *L'éternel printemps*
6996. Lucie Rico — *Le chant du poulet sous vide*
6997. Abdourahman A. Waberi — *Pourquoi tu danses quand tu marches ?*
6998. Sei Shônagon — *Choses qui rendent heureux* et autres notes de chevet
6999. Paul Valéry — *L'homme et la coquille* et autres textes
7000. Tracy Chevalier — *La brodeuse de Winchester*
7001. Collectif — *Contes du Chat noir*
7002. Edmond et Jules de Goncourt — *Journal*
7003. Collectif — *À nous la Terre !*
7004. Dave Eggers — *Le moine de Moka*
7005. Alain Finkielkraut — *À la première personne*
7007. C. E. Morgan — *Tous les vivants*
7008. Jean d'Ormesson — *Un hosanna sans fin*
7009. Amos Oz — *Connaître une femme*
7010. Olivia Rosenthal — *Éloge des bâtards*
7011. Collectif — *Écrire Marseille.* 15 grands auteurs célèbrent la cité phocéenne
7012. Fédor Dostoïevski — *Les Nuits blanches*
7013. Marguerite Abouet et Clément Oubrerie — *Aya de Yopougon 5*
7014. Marguerite Abouet et Clément Oubrerie — *Aya de Yopougon 6*
7015. Élisa Shua Dusapin — *Vladivostok Circus*
7016. David Foenkinos — *La famille Martin*
7017. Pierre Jourde — *Pays perdu*
7018. Patrick Lapeyre — *Paula ou personne*

7019. Albane Linÿer — *J'ai des idées pour détruire ton ego*
7020. Marie Nimier — *Le Palais des Orties*
7021. Daniel Pennac — *La loi du rêveur*
7022. Philip Pullman — *La Communauté des esprits. La trilogie de la Poussière II*
7023. Robert Seethaler — *Le Champ*
7024. Jón Kalman Stefánsson — *Lumière d'été, puis vient la nuit*
7025. Gabrielle Filteau-Chiba — *Encabanée*
7026. George Orwell — *Pourquoi j'écris* et autres textes politiques
7027. Ivan Tourguéniev — *Le Journal d'un homme de trop*
7028. Henry Céard — *Une belle journée*
7029. Mohammed Aïssaoui — *Les funambules*
7030. Julian Barnes — *L'homme en rouge*
7031. Gaëlle Bélem — *Un monstre est là, derrière la porte*
7032. Olivier Chantraine — *De beaux restes*
7033. Elena Ferrante — *La vie mensongère des adultes*
7034. Marie-Hélène Lafon — *Histoire du fils*
7035. Marie-Hélène Lafon — *Mo*
7036. Carole Martinez — *Les roses fauves*
7037. Laurine Roux — *Le Sanctuaire*
7038. Dai Sijie — *Les caves du Potala*
7039. Adèle Van Reeth — *La vie ordinaire*
7040. Antoine Wauters — *Nos mères*
7041. Alain — *Connais-toi* et autres fragments
7042. Françoise de Graffigny — *Lettres d'une Péruvienne*
7043. Antoine de Saint-Exupéry — *Lettres à l'inconnue* suivi de *Choix de lettres dessinées*
7044. Pauline Baer de Perignon — *La collection disparue*
7045. Collectif — *Le Cantique des cantiques. L'Ecclésiaste*
7046. Jessie Burton — *Les secrets de ma mère*

7047. Stéphanie Coste — *Le passeur*
7048. Carole Fives — *Térébenthine*
7049. Luc-Michel Fouassier — *Les pantoufles*
7050. Franz-Olivier Giesbert — *Dernier été*
7051. Julia Kerninon — *Liv Maria*
7052. Bruno Le Maire — *L'ange et la bête. Mémoires provisoires*
7053. Philippe Sollers — *Légende*
7054. Mamen Sánchez — *La gitane aux yeux bleus*
7055. Jean-Marie Rouart — *La construction d'un coupable.* À paraître
7056. Laurence Sterne — *Voyage sentimental en France et en Italie*
7057. Nicolas de Condorcet — *Conseils à sa fille* et autres textes
7058. Jack Kerouac — *La grande traversée de l'Ouest en bus* et autres textes beat
7059. Albert Camus — *« Cher Monsieur Germain,... »* Lettres et extraits
7060. Philippe Sollers — *Agent secret*
7061. Jacky Durand — *Marguerite*
7062. Gianfranco Calligarich — *Le dernier été en ville*
7063. Iliana Holguín Teodorescu — *Aller avec la chance*
7064. Tommaso Melilli — *L'écume des pâtes*
7065. John Muir — *Un été dans la Sierra*
7066. Patrice Jean — *La poursuite de l'idéal*
7067. Laura Kasischke — *Un oiseau blanc dans le blizzard*
7068. Scholastique Mukasonga — *Kibogo est monté au ciel*
7069. Éric Reinhardt — *Comédies françaises*
7070. Jean Rolin — *Le pont de Bezons*
7071. Jean-Christophe Rufin — *Le flambeur de la Caspienne. Les énigmes d'Aurel le Consul*
7072. Agathe Saint-Maur — *De sel et de fumée*
7073. Leïla Slimani — *Le parfum des fleurs la nuit*

7074. Bénédicte Belpois *Saint Jacques*
7075. Jean-Philippe Blondel *Un si petit monde*
7076. Caterina Bonvicini *Les femmes de*
7077. Olivier Bourdeaut *Florida*
7078. Anna Burns *Milkman*
7079. Fabrice Caro *Broadway*
7080. Cecil Scott Forester *Le seigneur de la mer. Capitaine Hornblower*
7081. Cecil Scott Forester *Lord Hornblower. Capitaine Hornblower*
7082. Camille Laurens *Fille*
7083. Étienne de Montety *La grande épreuve*
7084. Thomas Snégaroff *Putzi. Le pianiste d'Hitler*
7085. Gilbert Sinoué *L'île du Couchant*
7086. Federico García Lorca *Aube d'été* et autres impressions et paysages
7087. Franz Kafka *Blumfeld, un célibataire plus très jeune* et autres textes
7088. Georges Navel *En faisant les foins* et autres travaux
7089. Robert Louis Stevenson *Voyage avec un âne dans les Cévennes*
7090. H. G. Wells *L'Homme invisible*
7091. Simone de Beauvoir *La longue marche*
7092. Tahar Ben Jelloun *Le miel et l'amertume*
7093. Shane Haddad *Toni tout court*
7094. Jean Hatzfeld *Là où tout se tait*
7095. Nathalie Kuperman *On était des poissons*
7096. Hervé Le Tellier *L'anomalie*
7097. Pascal Quignard *L'homme aux trois lettres*
7098. Marie Sizun *La maison de Bretagne*
7099. Bruno de Stabenrath *L'ami impossible. Une jeunesse avec Xavier Dupont de Ligonnès*
7100. Pajtim Statovci *La traversée*
7101. Graham Swift *Le grand jeu*
7102. Charles Dickens *L'Ami commun*
7103. Pierric Bailly *Le roman de Jim*

7104. François Bégaudeau — *Un enlèvement*
7105. Rachel Cusk — *Contour. Contour – Transit – Kudos*
7106. Éric Fottorino — *Marina A*
7107. Roy Jacobsen — *Les yeux du Rigel*
7108. Maria Pourchet — *Avancer*
7109. Sylvain Prudhomme — *Les orages*
7110. Ruta Sepetys — *Hôtel Castellana*
7111. Delphine de Vigan — *Les enfants sont rois*
7112. Ocean Vuong — *Un bref instant de splendeur*
7113. Huysmans — *À Rebours*
7114. Abigail Assor — *Aussi riche que le roi*
7115. Aurélien Bellanger — *Téléréalité*
7116. Emmanuel Carrère — *Yoga*
7117. Thierry Laget — *Proust, prix Goncourt. Une émeute littéraire*
7118. Marie NDiaye — *La vengeance m'appartient*
7119. Pierre Nora — *Jeunesse*
7120. Julie Otsuka — *Certaines n'avaient jamais vu la mer*
7121. Yasmina Reza — *Serge*
7122. Zadie Smith — *Grand Union*
7123. Chantal Thomas — *De sable et de neige*
7124. Pef — *Petit éloge de l'aéroplane*
7125. Grégoire Polet — *Petit éloge de la Belgique*
7126. Collectif — *Proust-Monde. Quand les écrivains étrangers lisent Proust*
7127. Victor Hugo — *Carnets d'amour à Juliette Drouet*
7128. Blaise Cendrars — *Trop c'est trop*
7129. Jonathan Coe — *Mr Wilder et moi*
7130. Jean-Paul Didierlaurent — *Malamute*
7131. Shilpi Somaya Gowda — *« La famille »*
7132. Elizabeth Jane Howard — *À rude épreuve. La saga des Cazalet II*
7133. Hédi Kaddour — *La nuit des orateurs*
7134. Jean-Marie Laclavetine — *La vie des morts*

7135. Camille Laurens — *La trilogie des mots*
7136. J.M.G. Le Clézio — *Le flot de la poésie continuera de couler*
7137. Ryoko Sekiguchi — *961 heures à Beyrouth (et 321 plats qui les accompagnent)*
7138. Patti Smith — *L'année du singe*
7139. George R. Stewart — *La Terre demeure*
7140. Mario Vargas Llosa — *L'appel de la tribu*
7141. Louis Guilloux — *O.K., Joe !*
7142. Virginia Woolf — *Flush*
7143. Sénèque — *Tragédies complètes*
7144. François Garde — *Roi par effraction*
7145. Dominique Bona — *Divine Jacqueline*
7146. Collectif — *SOS Méditerranée*
7147. Régis Debray — *D'un siècle l'autre*
7148. Erri De Luca — *Impossible*
7149. Philippe Labro — *J'irais nager dans plus de rivières*
7150. Mathieu Lindon — *Hervelino*
7151. Amos Oz — *Les terres du chacal*
7152. Philip Roth — *Les faits. Autobiographie d'un romancier*
7153. Roberto Saviano — *Le contraire de la mort*
7154. Kerwin Spire — *Monsieur Romain Gary. Consul général de France*
7155. Graham Swift — *La dernière tournée*
7156. Ferdinand von Schirach — *Sanction*
7157. Sempé — *Garder le cap*
7158. Rabindranath Tagore — *Par les nuées de Shrâvana* et autres poèmes
7159. Urabe Kenkô et Kamo no Chômei — *Cahiers de l'ermitage*
7160. David Foenkinos — *Numéro deux*
7161. Geneviève Damas — *Bluebird*
7162. Josephine Hart — *Dangereuse*
7163. Lilia Hassaine — *Soleil amer*
7164. Hervé Le Tellier — *Moi et François Mitterrand*
7165. Ludmila Oulitskaïa — *Ce n'était que la peste*
7166. Daniel Pennac — *Le cas Malaussène I Ils m'ont menti*

7167. Giuseppe Santoliquido *L'été sans retour*
7168. Isabelle Sorente *La femme et l'oiseau*
7169. Jón Kalman Stefánsson *Ton absence n'est que ténèbres*
7170. Delphine de Vigan *Jours sans faim*
7171. Ralph Waldo Emerson *La Nature*
7172. Henry David Thoreau *Sept jours sur le fleuve*
7173. Honoré de Balzac *Pierrette*
7174. Karen Blixen *Ehrengarde*
7175. Paul Éluard *L'amour la poésie*
7176. Franz Kafka *Lettre au père*
7177. Jules Verne *Le Rayon vert*
7178. George Eliot *Silas Marner. Le tisserand de Raveloe*
7179. Gerbrand Bakker *Parce que les fleurs sont blanches*
7180. Christophe Boltanski *Les vies de Jacob*
7181. Benoît Duteurtre *Ma vie extraordinaire*
7182. Akwaeke Emezi *Eau douce*
7183. Kazuo Ishiguro *Klara et le Soleil*
7184. Nadeije Laneyrie-Dagen *L'étoile brisée*
7185. Karine Tuil *La décision*
7186. Bernhard Schlink *Couleurs de l'adieu*
7187. Gabrielle Filteau-Chiba *Sauvagines*
7188. Antoine Wauters *Mahmoud ou la montée des eaux*
7189. Guillaume Aubin *L'arbre de colère*
7190. Isabelle Aupy *L'homme qui n'aimait plus les chats*
7191. Jean-Baptiste Del Amo *Le fils de l'homme*
7192. Astrid Eliard *Les bourgeoises*
7193. Camille Goudeau *Les chats éraflés*
7194. Alexis Jenni *La beauté dure toujours*
7195. Edgar Morin *Réveillons-nous !*
7196. Marie Richeux *Sages femmes*
7197. Kawai Strong Washburn *Au temps des requins et des sauveurs*
7198. Christèle Wurmser *Même les anges*
7199. Alix de Saint-André *57 rue de Babylone, Paris 7e*
7200. Nathacha Appanah *Rien ne t'appartient*

Tous les papiers utilisés pour les ouvrages des collections Folio sont certifiés et proviennent de forêts gérées durablement.

Composition Nord Compo
Impression Maury Imprimeur
45330 Malesherbes
le 19 septembre 2023
Dépôt légal : septembre2023
N° d'impression : 273016
1er dépôt légal dans la collection : juillet 2022

ISBN 978-2-07-297752-7 / Imprimé en France

624154